IDEE
KARREE
LEIPZIG

Zum Buch

Als Ex-Polizist Herb glaubt, die Freundin seines kleinen Bruders Donnie im Park mit einem anderen zu sehen, beschließt er, der Sache in bester Cop-Manier auf den Grund zu gehen. Herbs Verdächtigungen geraten zunehmend außer Kontrolle, als er beschließt, das Mädchen im Keller seines Hauses zu verhören. Während Herbs Ehefrau nichts von den eskalierenden Grausamkeiten ahnt, die im Keller des Familienhauses vor sich gehen, sucht Donnie verzweifelt nach seiner verschwundenen Freundin. Doch Psychopath Herb stößt auf einen Verrat, der noch viel tiefer geht …

Über die Autoren

L.C. Freys Thriller *Die Schuld der Engel* und *Totgespielt* gehören zu den erfolgreichsten selbstverlegten Büchern der letzten Jahre. Seit 2013 hat er 9 Romane als L.C. Frey veröffentlicht, sowie einen Liebesroman als Ina Straubing (*Die Liebe ist ein Trampeltier*, 2014, Amazon Publishing, Montlake Romance) und weitere Bücher unter anderen Pseudonymen.

Paul Angers Debüt *Böses Mädchen Totes Mädchen* konnte sich in 2015 ebenfalls in den vorderen Rängen der Selfpublishing-Charts behaupten.

Beide Autoren wurden mehrfach mit dem Amazon Unlimited Allstar ausgezeichnet. Der Thriller "Herb" ist ihr erster gemeinsamer Roman.

IDEEKARREE LEIPZIG
2016

HERB

Thriller

L.C. Frey & Paul Anger

Deutsche Erstveröffentlichung

Lektorat: Anne Bräuer, Textbüro Bräuer, Frankfurt am Main

Covergestaltung, Layout und Satz: Ideekarree Leipzig

www.ideekarree.de

unter Verwendung von

© Photobank (Fotolia.com) und © Smileus (Fotolia.com),

Titel unter Verwendung von Fira Sans © by Mozilla

ISBN: 978-1534675568

Impressum:

L.C. Frey & Paul Anger
C/o Ideekarree
Alexander Pohl
Breitenfelder Str. 66
04157 Leipzig
E-Mail: autor@lcfrey.de
Tel.: 0341/91888-977

Die Ohnmacht, die aus der Hoffnungslosigkeit hervorgeht, ist ebenso grausam wie die Hoffnung selbst.

– Lu Xun

Herb tut was für seine Gesundheit

Herb schwitzte wie ein Schwein. Seine Pumpe raste, seine Haut fühlte sich kalt und fettig an. Sein T-Shirt klebte an seinem Oberkörper, als hätte er vergessen, es beim Duschen auszuziehen. Schweiß tropfte von seiner Stirn und brannte in seinem gesunden Auge. Er fuhr mit dem Zeigefinger unter das getönte Glas der Sonnenbrille und wischte ihn weg. Seine Knie taten ihm weh und in den Muskeln seiner Oberschenkel pulsierte die Vorahnung des Muskelkaters, den er morgen haben würde. Die blöde Beinschiene machte es kein bisschen besser, schönen Dank auch.

Und dass Weizsack, dieser Idiot, drauf bestand, dass er sie abnehmen könne. Was wusste der schon? Ohne die Schiene war er aufgeschmissen.

Herb stützte sich an einem Baum ab und tat so, als würde er mit einem Stöckchen etwas aus der Sohle seines nagelneuen Laufschuhes pulen. In der heute einmal keine Hundescheiße steckte. Verfluchter Park, diese bekackten Tölen ließen es hier einfach fallen und hernach kümmerte sich kein Schwein darum.

Herb warf das Stöckchen weg, rückte die Sonnenbrille zurecht und setzte seinen Lauf fort. Verfiel sogar in einen leichten Trab. Was aber nicht hieß, dass er sprinten würde, ganz bestimmt nicht. Laut Dr. Weizsack war das auch gar nicht notwendig. Nur ein bisschen das Herz strapazieren, hatte der Quacksalber gesagt. Dazu genügte es, alle zwei Tage ein paar Runden durch den Park zu joggen. Durch den Park, ausgerechnet. Na wenigstens fiel er hier nicht auf zwischen all den Lauffanatikern in ihren hautengen, schwarz glänzenden Sportanzügen und den knallbunten Laufschuhen. Je bunter desto teurer. Je teurer, desto wichtiger kamen sie sich vor. Vollidioten. Herb bevorzugte bequem geschnittene Baumwollhosen. Was für Rocky Balboa gut genug war, konnte auch ihm nur recht sein. Bei den Weibern waren diese engen Hosen allerdings in Ordnung, fand Herb und musste grinsen. Davon musste er Donnie unbedingt erzählen. Von den strammen Ärschen der Weiber in den knallengen Hosen, und wie sie damit herumwedelten. So gesehen hatte Weizsacks Vorschlag durchaus was Gutes.

Herb stieß ein keuchendes Husten aus. Etwas Schleimiges, das ein bisschen nach Blei schmeckte, blieb in seinem Mund zurück. Er spuckte es aus und rannte weiter.

Merkwürdigerweise tat das Bein, an dem die Schiene war, kaum noch weh. Was seltsam war, da ihm das verdammte Ding sonst in jeder Lebenslage nach Kräften nervte und unsägliche Schmerzen bereitete. Jetzt merkte er fast gar nichts. Shit. Würden die das irgendwann rausbekommen? Würden sie ihm die Schiene irgendwann wirklich abnehmen und dann bye bye monatlicher Rentenscheck?

Blödsinn, schnaubte Herb.

Blödsinn, der Knochen war gesplittert. Irreparabel, nicht wieder hinzubiegen, da war er ganz sicher, egal, was Weizsack ihm einreden wollte. Konnte schon sein, dass er hin und wieder einigermaßen durch die Gegend humpeln konnte, aber ohne die Schiene würde er nie mehr auskommen, sein ganzes Leben nicht, da war Herb ganz sicher.

Außerdem war da noch die Sache mit dem Auge.

Herb bemerkte, dass er pissen musste.

Schon wieder.

Obwohl er vorhin erst gewesen war, bevor er zu diesem mörderischen Track gestartet war. Musste wohl an dem beschissenen Wasser liegen. Zwei Liter am Tag, Minimum.

Weizsack, dieser beschissene Quacksalber. Musste auch an den Pillen liegen, die er Herb verschrieben hatte. Pisspillen, haha.

Ein Mordsspaß, bloß eben nicht für Herb.

Herb bog vom Oval des Hauptwegs ab und drosselte die Geschwindigkeit, seine Lungen sagten Dankeschön. Ein bisschen sportlicher Ehrgeiz war noch lange kein Grund, sich in die Hose zu pissen, fand Herb. Ein paar Büsche gab es hier, die einen besseren Trampelpfad von der Liegewiese trennten. Da war eine leere Bank, rechts am Weg. Aber zu wenige Büsche für das, was Herb vorhatte.

Herb rannte noch ein Stück, dann machte sich der Druck in seinem Prügel aber wirklich bemerkbar. Verfluchter Schwuchteldoktor Weizsack und sein beschissenes Laufprogramm und seine beschissenen Medikamente, die nichts brachten außer dass man einen Druck auf dem Riemen hatte wie ein Zuchtpferd und zwei Mal die Woche Dünnpfiff.

Hier waren die Büsche zahlreicher und es gab ein paar Bäume. Jetzt oder nie. Sein Blick streifte ein benutztes Kondom, das am Zweig eines niedrigen Busches hing. Er wandt sich rechts am Kondom vorbei dem Rhododendron zu. Oder wie immer diese großblättrigen Scheißdinger hießen. Jesses, höchste Zeit für den kleinen Lokomotivführer, höchste verfickte Zeit. Herb holte ihn raus und erstarrte. Während er mit der Kordel an seinem Hosenbund gekämpft hatte, war er ein paar Schritte weitergegangen. Die Bank, die hier stand, hatte er vorher gar nicht bemerkt, jetzt wäre er beinahe dagegen gerannt. Herb schlüpfte hinter einen Baum.

Die Bank an sich hätte ihn ja nicht gestört, aber auf der Bank saßen Leute. Die waren in ein ziemlich angeregtes Gespräch vertieft, deshalb hatten sie Herb wohl nicht bemerkt. Und seinen heraushängenden Prügel. Wäre sicher auch ein Mordsspaß gewesen, wenn die Frau auf der Bank sich umgedreht hätte und direkt auf seinen Schwanz gestarrt hätte. Herb war kein Idiot. Er wusste, dass die meisten Leute diese Art von Scherzen nicht verstanden, und es jede Menge Richter gab, die diese Art von Schabernack überhaupt nicht lustig fanden, zumal bei einem Cop. Korrektur: Ex-Cop, Scheiße auch.

Dann sah er, dass es Schlitzaugen waren, alle beide. Ein Schlitzaugenpärchen. Das Schlitzaugenmädchen schien sogar einigermaßen hübsch zu sein, wenn man sowas mochte. Schwarzglänzendes Haar. Jetzt drehte sie sich zu dem Kerl um, der ebenfalls irgendein Japse war oder sowas, und Herb sah ihr Profil. Der Kerl mochte auch ein Koreaner sein oder ein verfluchter Samoaner, für Herb sahen die Schlitzaugen sowieso alle gleich aus.

Möglicherweise auch ein Chinese. Ja, möglicherweise auch das.

Herb stand hinter dem Baum und hielt seinen Schwanz umklammert. Das mit dem Pissen war vergessen, er starrte zur Bank und dem Mädchen mit dem langen, schwarzen Haar, das ihn noch immer nicht bemerkt hatte, obwohl er ganz nah war.

Herb fand, dass sich der Schwanz in seiner Hand irgendwie gut anfühlte. Natürlich tat er das, denn er war ein Mordsprügel, um den ihn jeder andere Kerl beneidet hätte. Aber da war noch etwas. Er begann jetzt, sich aufzurichten. Würden die beiden es vielleicht treiben, hier vor seinen Augen, keine Armlänge von ihm entfernt? Das war möglich, wenn auch nicht sehr wahrscheinlich. Aber es genügte, sich das vorzustellen, damit die Schlange ihren Kopf erhob. Aus dem Gebüsch lugte, und sich bereit machte, zuzustoßen.

Verdammt noch eins, das genügte vollauf. Das und dieses lange, seidig glänzende Haar.

Herb stand grinsend hinter einem Baum und ließ die Hand langsam vor und zurück gleiten, während er wie hypnotisiert auf das Haar des hübschen Schlitzaugenmädchens starrte. Vor und zurück, ein Mordsspaß. Er warf einen nervösen Blick zurück zum Weg, von wo er gekommen war.

Da war keine Sau. Und obendrein ein Rhododendronbusch zwischen ihm und dem Weg da, der ihn einigermaßen vor neugieren Blicken verbarg.

Das schwarzhaarige Mädchen rückte näher an den Kerl heran, und er an sie. Gleich, oh ja, gleich. Der Japse, oder was immer er war, legte seinen Arm um ihre Schulter und dann ... dann drückte er sie an sich. Sie trug eine weiße Bluse, und auf der rechten Seite, dem Kerl zugewandt, war die Bluse schulterfrei. Dort schimmerte ihre Haut in der Sonne, und die war kein bisschen gelb oder so, wie es immer hieß bei den Schlitzaugen. Die Haut war so hellbraun und samtig wie die der nächstbesten Bikinischönheit. Es würde sich himmlisch anfühlen, diese Haut anzufassen. Und ihre Titten? Klein und fest, ohne jeden Zweifel. Musste so sein. Die Schlitzaugenweiber hatten Titten wie Teenager, das wusste jeder. Und obwohl Herb es gern ein paar Nummern größer hatte, war das irgendwie geil, hier und jetzt. Klein und fest.

Seine Hand glitt vor und zurück.

Herb wusste, dass asiatische Frauen beim Ficken Geräusche machten wie kleine Schulmädchen. Sie stießen diese hohen Quieklaute aus wie kleine Ferkel. Das hatte er mal mit Donnie gesehen, während einer ihrer Pokerrunden im Keller.

Der Kerl auf der Bank zog sie noch ein bisschen zu sich heran, und schließlich presste er seine Lippen auf ihre, und sie ließ das einfach geschehen, den Kopf in den Nacken gelegt, stieß sie ein ganz leises Seufzen aus.

Das genügte.

Und dann war es zu spät. Einfach so, ohne Vorwarnung, verdammte Scheiße, und vielleicht waren auch daran Weizsacks verdammte Medikamente schuld. Er war noch nicht mal richtig hart gewesen! Er stolperte rückwärts, sein zuckendes Glied noch in der Hand, und trat auf einen Ast, der knackend zerbrach. Der Kopf der Kleinen auf der Bank wirbelte herum und sah seinen Schwengel und fuhr zusammen und dann starrte sie Herb direkt ins Gesicht, beziehungsweise in die Gläser seiner großen, dunklen Sonnenbrille.

Die Zeit gefror.

Der Kerl machte bestimmt auch irgendwas. Aber falls es so war, bekam es Herb nicht mit. Für ihn gab es nur das erschrockene Gesicht der Asiatin, die weit aufgerissenen, schwarzen Augen, den Mund zu einem großen, stummen ›O‹ verzogen. Die hatte eine Scheißangst. Na ja, irgendwie verständlich. Immerhin stand er hier in der Gegend herum und hatte seinen Schwanz in der Hand, was einerseits ganz bestimmt ein Mordsspaß war, ihn andererseits aber wie einen ausgewachsenen Perversen aussehen ließ. Also machte Herb das einzig Vernünftige. Er drehte sich herum und rannte zurück auf den Weg, so schnell er konnte. Er wischte den letzten Rest des Schleims von seinem immer noch halb erigierten Schwanz und stopfte ihn zurück in seine Jogginghose, während er zum Hauptweg zurückstürmte, ohne sich noch einmal umzusehen.

Den Rest des Wegs joggte er nicht bloß, er rannte richtig, Dr. Weizsack wäre sicher stolz auf ihn gewesen. Zurück auf den Hauptweg, und dann den letzten Rest des Bogens um die Liegewiese, auf dem schnellsten Weg zu seinem Wagen. Durchgeschwitzt wie er nun mal war, ließ er sich auf die Polster fallen. Als er versuchte, den Schlüssel ins Zündschloss zu fummeln, fiel ihm das beschissene Ding in den Fußraum. Fluchend bückte Herb sich nach dem Schlüssel und bekam ihn schließlich mit zitternden Fingern zu fassen. Beruhige dich, verdammt nochmal. Er steckte den Schlüssel rein und endlich sprang die Karre an. Er schaute sich um und parkte aus. Keine Schlitzaugen zu sehen, die hinter ihm herstürmten. Kein beschissener Japaner mit einem erhobenen Samuraischwert oder sowas.

Herb trat aufs Gas.

Die Sache nahm ihn so mit, dass er erst zu Hause wieder ans Pissen dachte. Da stellte er sich vor die Schüssel und ließ es laufen wie ein Zuchthengst, stundenlang. Pisste sich richtiggehend die Seele aus dem Leib. Was, für sich genommen, und unter anderen Umständen, möglicherweise ein Mordsspaß gewesen wäre. Etwas, wovon man Donnie hätte erzählen können. Aber daran verschwendete Herb jetzt keinen weiteren Gedanken.

Er grübelte über das Gesicht des Schlitzaugenmädchens nach.

Als sein Wasserfall endlich versiegt war, gefühlte Stunden später, war Herb sich einigermaßen sicher. So sicher man sich bei einem Gelbgesicht nur sein kann.

Scheiße auch.

Er kannte dieses Mädchen.

Drei Jahre vorher

»Scheiße, Herb«, flüsterte Mike, »wir können nicht einfach da reinmarschieren. Wir haben nicht mal einen Durchsuchungsbefehl oder 'nen zwingenden Verdacht.«

»Der Kerl ist dort reingegangen, oder?«

»Schon. Aber ...«

»Und es ist ein Schlitzauge, oder? Würde ich zumindest sagen, dass der Kerl Schlitzaugen hatte wie Dschingis Khan und eine Haut so gelb wie meine Pisse am Morgen nach einem guten Fick.«

»Kann sein, Herb. Aber wir wissen doch nicht mal, ob etwas gegen ihn vorliegt.«

»Mann, Mike, wie dämlich bist du eigentlich? Er ist aus dem Bronze gekommen, oder nicht?«

»Ja, er ist aus dem Bronze gekommen.«

»Na bitte. Und wir beide wissen ja, was dort läuft. Welche Sorte Typen sich da rumtreibt, im Bronze. Und was die da treiben, um diese Uhrzeit. »

»Scheiße, Mann, das ist aber doch nicht unsere Baustelle. Wir können ja durchfunken, dass wir einen Verdächtigen dabei beobachtet haben, wie er ... Scheiße, Herb, ich weiß nicht mal, wobei wir ihn eigentlich beobachten. Der Typ ist vielleicht nur irgendein Hausmeister im Bronze, der nach Hause geht, um sich ›ne Mütze Schlaf zu gönnen.«

»Ein Hausmeister in einem Fünftausend-Dollar-Anzug? Mit einem Aktenkoffer? Denkst du, ich bin bescheuert?«

»Nein, Herb. Könnte schon was dran sein.«

»Könnte, einen Scheiß! Ich weiß, dass der Kerl was auf dem Kerbholz hat. Verrät mir meine Nase, und die hat mich noch nie im Stich gelassen.«

»Aber es ist trotzdem nicht unsere Zuständigkeit. Ich bin nur ein einfacher Streifenbulle, Mann ...«

»Und das wirst du auch ewig bleiben, du dämlicher Angsthase.« Herb spuckte aus. In dem Haus ging Licht an. »Schau dir das an, Mike, dreist wie Rotz, der Kerl.«

»Was meinst du, Herb?«

»Sieh dir doch nur diese Bude mal an. Der Kerl wohnt da bestimmt nicht. Da wohnt überhaupt keiner. Steht wahrscheinlich schon ewig leer. Und diese Wichser gehen einfach da rein, und setzen sich im Wohnzimmer auf den Fußboden und wickeln ihre Geschäfte ab.«

»Wieso glaubst du, dass die auf dem Fußboden sitzen, Herb?«

»Weil's verdammte Schlitzaugen sind, Mike. Die sitzen immer auf dem Boden. Wir gehen jetzt jedenfalls da rein und nageln sie fest. Und danach kannst du in der Zentrale Bescheid sagen. Nachdem klar ist, wem sie diesen Fang hier zu verdanken haben, klar?«

»Scheiße, Herb, ich weiß nicht ...«

Herb erhob sich ächzend und trat aus dem Gebüsch, hinter dem sie gehockt und das Haus beobachtet hatten. Dann ging er auf das Haus zu.

»Scheiße!«, fluchte Mike und folgte ihm.

Herb ging zur Hintertür und bedeutete Mike mit einer Handbewegung, die Vordertür zu sichern.

»Wenn jemand anderer als ich da rauskommt, erschieß ihn!«, zischte er Mike zu, der noch einen Moment lang unschlüssig herumstand, dann aber seine Waffe zog und sich in den Schatten neben dem Eingang postierte. Als Herb die Hintertür erreicht hatte, drückte er sacht die Klinke herunter. Die Tür war nicht einmal abgeschlossen. Dreist wie Rotz, ohne Scheiß. Geräuschlos betrat er das Haus und folgte dem Licht, das aus dem Wohnzimmer durch die offene Tür schimmerte. Als er die Küche durchquerte, wäre er beinahe an einem Stuhl hängen geblieben, aber er bemerkte ihn im letzten Moment und ging drum herum. Dann zog er seine Waffe aus dem gut geölten Lederholster. Er lugte durch die Türöffnung in das Wohnzimmer. Das Licht stammte von einer Stehlampe, deren Schirm mit einem großen Tischtuch verhangen war. Die Chinesen saßen nicht auf dem Boden, sondern auf der Couch beziehungsweise auf einem Sessel. Der auf dem Sessel wandte ihm den Hinterkopf zu. Beide Möbelstücke waren mit weißen Decken verhangen wie die Stehlampe. Weiß wie das Zeug in den kleinen Plastiktüten im Koffer des Chinesen, der jetzt geöffnet auf dem Wohnzimmertisch lag. Herb grinste. Dann stürmte er, die Waffe im Anschlag, in das Zimmer.

»Okay, ihr Wichser, auf den Boden mit euch! Na los, auf den verdammten Boden!«

Er hatte damit gerechnet, dass sie vielleicht in das Innere ihrer Anzugjacken greifen würden oder einer sich vorbeugte, um vielleicht eine kleine Pistole aus seiner verdammten Socke zu ziehen. In dem Fall hätte er einfach drauflos schießen können. Sie saßen nah genug beieinander und waren keine drei Schritte von ihm entfernt. Herb war ein guter Schütze und hätte sie ausgeknipst, bevor auch nur ein Finger den Weg um den Abzug gefunden hätte.

Womit Herb nicht gerechnet hatte, war, dass plötzlich das Licht ausging. Das Bild der beiden Asiaten, welche die Arme in die Höhe gestreckt, auf der Couch saßen wie ein ertapptes Teenagerpärchen, brannte sich in seine Netzhaut ein. Er war so damit beschäftigt gewesen, auf ihre Hände zu starren, dass er gar nicht bemerkt hatte, dass der Kerl auf der Couch seinen rechten Fuß auf das runde Gehäuse mit dem Druckknopf für die Lampe gestellt hatte. Es war eine ganz beiläufige Bewegung gewesen.

Herb schoss in die Richtung, in die seine Waffe zeigte. Ein ohrenbetäubender Knall zerriss die Luft und ein Blitz zuckte durch die Dunkelheit.

»Mike!«, brüllte Herb und ließ sich zur Seite fallen, »Scheiße, Mike! Ich brauch etwas Hilfe hier!«

Dann schoss er noch einmal und einer der Asiaten schrie auf.

Im Lichtblitz seines zweiten Schusses hatte Herb bemerkt, dass die beiden aufgesprungen und zur Vordertür unterwegs waren und es war ihm unbegreiflich, wie die beiden sich so schnell bewegen konnten. Herb schoss noch einmal und sah, dass der Kerl mit dem Koffer die Tür schon fast erreicht hatte, als diese aufflog und eine Gestalt hereinstürmte.

»Mike, diese verfluchten Japsen haben ...«

Ein weiterer Schuss bellte durch den Raum. Etwas riss Herbs Bein herum und für einen absurden Moment dachte er, an dem verdammten Lampenkabel hängengeblieben zu sein. Und dass das Ding ihn in den Knöchel gebissen hatte. Bevor er diesen surrealistischen Gedanken zu Ende denken konnte, knallte er hin, ein weiterer Schuss krachte, irgendetwas pfiff sirrend an seinem Ohr vorbei und schlug in die Dielenbretter neben seinem Kopf. Herb rollte sich zur Seite, versuchte, in die Deckung hinter dem Sofa zu gelangen, oder dorthin, wo er das Sofa vermutete. Jemand brüllte auf und dann krachten zwei weitere Schüsse, einer davon brachte das Brüllen zum Verstummen und dann war es Herb, der aus Leibeskräften brüllte. Die Kugel hatte ihn mitten ins Gesicht getroffen. Herbs Blase entleerte sich. Er war schon einen guten Meter zur Seite gerobbt, während er sich gleichzeitig in die Hose machte, als er begriff, dass er wider jede Vernunft noch lebte. Da, wo sein Auge gewesen war, bestand sein Gesicht nur noch aus Schmerzen und er spürte, dass etwas Längliches darin steckte, das nun aus seiner Augenhöhle herausragte und sich bei jeder Kopfbewegung mit bewegte. Ein Splitter, aus dem Tisch, in den die Kugel eingeschlagen war. Er lebte. Herb robbte weiter. Tastete sich voran, brüllend, kriechend, halb wahnsinnig vor Angst, während irgendwo jenseits der Couch weitere Schüsse krachten und Blitze zuckten wie das Stroboskop in der irrsten Diskothek der Welt.

Seine Finger ertasteten den Knopf des Schalters und halb von Sinnen drückte er drauf. An Deckung dachte er nicht. Herb dachte an überhaupt nichts mehr. Er wollte nur, mehr als er jemals zuvor irgendetwas gewollt hatte, dass das Licht zurückkam.

Dann kam das Licht zurück.

Herb lag da, reglos, willenlos, und starrte die Decke an. Atmete die nach Pulver und Schweiß und Fäulnis stinkende Luft ein, und heulte wie ein kleiner Junge. Tränen rannen aus seinem rechten Auge. Dickes, dunkles Blut aus dem linken, in dem der Splitter steckte.

Das Schießen hatte aufgehört und als es nach ein paar Minuten nicht wieder einsetzte, richtete Herb sich vorsichtig auf. Als er seinen Oberkörper an der Armlehne des Sofas in eine halbwegs aufrechte Position gebracht hatte, sah er an sich herab. Sah das Blut an seiner rechten Hand, den großen, dunklen Fleck vorn an seiner Uniformhose und dann fiel sein Blick auf seinen Fuß. Oder das, was davon, von wenigen Sehnen gehalten, noch an seinem Bein hing. Er sah schnell wieder weg und schaffte es, sich nicht auf der Stelle zu übergeben. Dann kroch er, schwitzend vor Anstrengung und Schmerzen, um die Couch herum. Dort lag Mike.

Mike fehlte der größte Teil seines Hinterkopfes. Der Inhalt seines Kopfes, maßgeblich Hirnmasse und jede Menge Blut mit kleinen Knochensplittern darin, befand sich nun teilweise auf der Wand hinter der Leiche und teils auf dem schmutzigen Teppich davor. Von Mikes Gesicht fehlte der größte Teil der Stirn – alles oberhalb der Augenbrauen hatte sich in einen klebrigen Brei verwandelt, der mit ein paar Haarbüscheln garniert war. Entsetzt wandte Herb den Blick ab.

Die Chinesen waren verschwunden. Der Koffer war verschwunden.

Mike war tot.

Herb sank neben Mikes Leichnam zu Boden und krümmte sich zusammen. Aber dann bemerkte er das kleine Säckchen aus schwarzem Samt, dass inmitten der hingeklatschten Masse lag, die einst Mikes Hinterkopf samt Inhalt gewesen war. Auf dem Säckchen war etwas gestickt, ein goldenes Schriftzeichen. Chinesisch. Herb kroch ein wenig weiter und nahm das Säckchen an sich, ohne hineinzusehen. Dann steckte er es in die Innentasche seiner Uniformjacke. Er hörte die Sirenen draußen. Dann wurde er ohnmächtig.

Um die Rente zu bekommen, musste Herb lügen. Er wurde vom Dienst suspendiert, aber sie machten offiziell eine ehrenhafte Sache draus, weil sonst ein wahrer Scheiße-Tsunami über den Köpfen der Abteilung zusammengeschlagen wäre. Harper, dieses fette Arschloch, tauchte im Krankenhaus auf, sobald Herb aus der Narkose erwachte und erklärte ihm, wie die Story abgelaufen war. Der Verdächtige und sein Kumpan hatten aus heiterem Himmel das Feuer auf die beiden Cops eröffnet und sich dann im Haus verschanzt, wohin ihnen Mike und Herb gefolgt waren. Harper hielt ihm ein Album mit ein paar Chinesen hin und als sein fetter Daumen auf einen ganz bestimmten eine Winzigkeit länger als bei den anderen hängenblieb, nuschelte Herb, der noch ganz benommen von der Narkose war:

»Ja, Chef, das war der Bursche.«

Ob er sicher sei? Herb sagte, er sei sicher.

Also wanderte das Schlitzauge auf dem Foto, das zufälligerweise für die Tatzeit kein Alibi hatte, in den Knast, weil er einen Cop erschossen und einen anderen schwer verletzt hatte. Die Wärter drüben in Tulsa hatten fraglos ein Freudenfest gefeiert, als er eingeliefert worden war. Lang war er allerdings nicht geblieben, eine Woche später hatte man ihn an einem Bettlaken von der Decke seiner Zelle baumelnd vorgefunden und das war das gewesen.

Nach seiner Entlassung aus dem Krankenhaus wurde Herb als dienstuntauglich erklärt, bekam seine ehrenvolle Entlassung und das Geld von der Versicherung in Form einer monatlichen Rente. Im Großen und Ganzen hatte sich die Sache also gelohnt, zumindest für Herb, auch wenn Harper, das fette Arschloch, ihm dazu geraten hatte, auf eine Abschlussfeier im Büro zu verzichten, aus Rücksicht auf Mikes Andenken. Oder weil die eine oder andere Version der Geschichte trotzdem intern die Runde gemacht haben mochte. Herb hatte mit den Schultern gezuckt und war nach Hause gegangen. Scheiß was auf Abschiedsfeiern.

An das schwarze Samtsäckchen hatte er erst eine Woche später wieder gedacht.

Marjorie hat einen Glückstag

»Schatz, bist du da drin?«

»Nein. Es ist der beschissene Marlon Brando.«

»Oh.«

Herb betätigte die Spülung. Er machte sich nicht die Mühe, den Deckel herunterzuklappen. Er öffnete die Badezimmertür und trat in den Flur. Da stand sie, Marjorie, in all ihrer untergegangenen Pracht. Wie eine namenlose Stadt inmitten der Wüste, durch die höchstens der Wind ab und zu mal ein paar Sandkörner fegt. Dabei hatte sie mal ein paar Schönheitswettbewerbe gewonnen, das musste man sich vorstellen. Aber natürlich war das gewesen, bevor sie aufgegangen war wie ein Hefekloß. Also ungefähr zu der Zeit, als die Dinosaurier noch auf Erden gewandelt waren.

»Herb, deine Schuhe!«, rief Marjorie erschrocken und deutete auf seine Füße.

»Was?«, blaffte Herb.

»Du wolltest sie doch ausziehen, Schatz«, sagte Marjorie. »Ich habe frisch gewischt wegen heute Abend. Und deine Laufschuhe sind so dreckig. Ganz voller Schlamm.«

»Ich musste mal, Marjorie. Dringend. Soll ich mir etwa in die Hose pissen?«

»Nein, Schatz.«

»Du weißt genau, dass es eine Ewigkeit dauert, aus diesen beschissenen Laufschuhen rauszukommen mit dieser scheiß Beinschiene.«

»Ja, Schatz. Entschuldige. Ich wollte nicht böse sein.«

»Ach. Du wolltest nicht böse sein. Na wie schön. Weißt du, was ich wollte?«

»Nein, Schatz«. Sie hielt den Blick gesenkt. Kniete sich vor ihn hin und machte sich an seinen Schuhbändern zu schaffen.

»Ich wollte, dass mir die verdammten Schlitzaugen nicht mein Bein zerschossen und mich zum Krüppel gemacht hätten. Ich wollte auch ich hätt noch zwei gesunde Augen. Wie wär das für ’nen Wunschzettel, hm?«

»Es tut mir leid«, flüsterte sie. Inzwischen war sie fertig mit den Schuhbändern. Gott, sie hockte da vor ihm auf dem Boden wie eine beschissene Kröte. Wie er diese fette Qualle hasste. Wäre Beth nicht hin und wieder durch sein Blickfeld marschiert, hätte er nicht geglaubt, dass er in diesen Haufen Elend tatsächlich mal seinen Schwanz gesteckt hatte. Na ja, das war lange her und Beth kam zu allem Überfluss ganz nach ihrer Mutter. Genauso dumm und fett. Andererseits war nichts davon jetzt noch zu ändern und der Herr Jesus befahl, dass man sich mit dieser Scheiße abfand und sich über die kleinen Dinge freute. Dass sie das mit den Schuhbändern erledigte, zum Beispiel. Herb schüttelte ungeduldig seinen Schuh vom Fuß und verspritzte dabei zusätzlichen Schlamm auf den Dielen. Dann machte er einen Schritt nach vorn und stieß die hockende Marjorie um. Jetzt lag sie da wie ein Hefekloß, den man in ein beschissenes Trägerkleid gestopft hatte und guckte zu ihm rauf, ein dümmliches Lächeln im feisten Gesicht. Ein Käfer, der auf den Rücken gefallen war und von allein nicht wieder auf die Beine kam. Pech.

»Entschuldige«, murmelte sie.

Herb lachte. »Bist hingefallen«, sagte er, »Hast dich von einem verfluchten Krüppel umschubsen lassen!«

Sie nickte, rollte sich in einer trägen Bewegung auf die Seite und schließlich auf die Knie. Stand auf und hob seine

Schuhe auf und trug sie in den Flur. Herb ließ sich in seinen Sessel fallen und versuchte nachzudenken. Wegen dieser Schlitzaugensache.

Aber es gelang ihm nicht, sich drauf zu konzentrieren.

Marjorie kam zurück, in einer Hand einen Lappen für die Sauerei auf den Dielen, in der anderen ein Bier. Sie stellte die Dose vor ihn auf den Tisch, auf den Kristalluntersetzer, dann kniete sie sich wieder hin und begann, den Dreck wegzuwischen. Herb öffnete sein Bier, setzte es an die Lippen und trank die Dose in einem gierigen Zug halb leer.

Mitten im Wischen hielt sie inne und tat so, als schlage sie sich gegen die Stirn. Das hielt sie wohl aus irgendeinem Grund für drollig. Machte sie immer, wenn sie was vergessen hatte. Was für Herbs Geschmack eindeutig zu oft passierte.

»Was?«, knurrte er und hievte seine schwitzenden Beine auf den Couchtisch.

»Ich hätt's doch glatt vergessen, Schatz. Donnie hat angerufen.«

Sie lächelte und wandte sich zum Gehen. Gott, diese hängenden Schweinebacken. Hatte sie etwa schon wieder zugenommen? Er würde sie mal danach fragen müssen, und zwar eindringlich. Würde ein Mordsspaß werden.

»Und, Marjorie?«, fragte er.

Sie drehte sich langsam um.

»Und was, Schatz?«

»Was wollte Donnie?«

»Ach so. Das. Ja. Er hat gesagt, er weiß noch nicht genau, ob er's heut Abend schaffen wird. Er hat in Tulsa zu tun, glaube ich, und ...«

»Was?«

»Na ja, er hat in Tulsa zu tun, sagt er, und dass er nicht weiß, ob er's schafft.« Ihre Stimme zitterte.

»Das hast du gerade schon mal gesagt, Marjorie. Ich bin nicht taub.«

Du bekackte Schlampe.

Er trank den Rest des Biers, drückte die Dose zusammen und stellte sie auf den Tisch, neben den Untersetzer.

»Nein, bist du nicht.«

»Aber das geht nicht, oder?«, fragte Herb.

»Nein, Schatz.«

»Dieser verdammte Schlappschwanz kann nicht einfach ein Essen absagen, zu dem ich ihn einlade. Oder, Marjorie?«

»Nein, Schatz.«

»Sind wir etwa ein beschissenes Hotel? Oder eine Bar, oder ein verfickter Burgerladen?«

»Nein, Schatz.«

»Gib mir das Telefon, Marjorie.«

Sie ging und holte es ihm.

»Und bring mir noch ein Bier.«

Sie ging in die Küche. Herb wählte die Nummer. Donnie ging nach dem dritten Klingeln ran.

»Hallo?«

»Was ist braun und stinkt, Brüderchen?«, fragte Herb.

»Herb?«

»Ja, verdammt, was ist braun und riesengroß und stinkt zum Himmel?«

»Ich weiß nicht, Herb«, sagte Donnie. »Was ist denn braun und stinkt zum Himmel? Kacke vielleicht?«

Er klang gehetzt. Gut. Herb musste ihn gerade noch erwischt haben.

»Ganz genau, Donnieboy. Ein Haufen Kuhscheiße.«

Donnie keuchte. »Der ist gut, Herb.«

»Ist kein Witz.«

»Oh.«

»Was soll das, du hast in Tulsa zu tun und kannst heute Abend nicht kommen? Heute ist unser verfickter Pokerabend Donnie.«

»Ja, ich weiß.«

»Marjorie wird ihren berühmten Auflauf machen, Mann!«

»Oh, echt? Das wusste ich nicht. Dachte, es wäre nur unser ... unser Pokerabend.«

»Nur? Nur unser Pokerabend? Hat dir wer ins Hirn geschissen, Donnieboy?«

»Es ... oh, Mann.«

»Donnie. Was zur Hölle ist los, Mann? Klingst echt beschissen, Mann. Komm schon, vertrau dich deinem großen Bruder an.«

»Es ist ... es ist wegen Kim.«

»Kim? Welche Kim?«

»Kim. Mein Mädchen.«

Herb lachte. Bestimmt eine ganze Minute lang. Als er sich wieder eingekriegt hatte, sagte er: »Donnie. Das ist der bekackte Witz des Jahrhunderts. Dein Mädchen? Seit wann hat mein kleiner Bruder ein Mädchen?«

»Ja, Herb. Sie heißt Kim.«

»Kim Basinger. Ja, ich weiß. Darauf hast du dir schon zu Schulzeiten immer einen runtergeholt. Die mit den dicken Titten. Neuneinhalb Wochen. Du hast dir zu einem beschissenen Frauenfilm die Palme gewedelt! Das muss man sich mal ...«

»Herb, bitte, ich ...«

»Scheiße. Donnie. Du meinst das echt ernst, oder?«

»Ja, Herb, tu ich. Ich werde Kim heute vom Flughafen holen und wir ...«

»Vom Flughafen, Donnie? In fucking Tulsa?«

»Na ja, ich muss sowieso da hin. Und auf dem Rückweg hole ich Kim vom Flughafen ab.«

Beschissener Lügner. Diese räudige kleine Ratte von Donnie log ihm hier etwas vor, dass sich die Balken bogen. Hielt das vermutlich für einen Mordsspaß. Nun, Euer Ehren, Herbert Bouthillier gestattet sich, da anderer Meinung zu sein. Ganz anderer Meinung. Männer sollten einander nichts vorlügen. Brüder schon gar nicht.

»Donnie. Hör zu.«

»Mach ich, Herb.«

»Wir vergessen jetzt einfach mal für eine Sekunde diesen Riesenhaufen Kuhscheiße, den du mir auf einem Silbertablett ... warte! Was hab ich dir gesagt, Marjorie? Was du zu tun hast, wenn ich telefoniere?«

Marjorie wurde knallrot, die Bierdose in ihrer Hand begann zu zittern, als sie sie vorsichtig auf dem Tisch abstellte.

»Entschuldige, Herb.«, flüsterte sie und stürzte aus dem Zimmer. Fett und plump, wie sie nun mal war.

»Marjorie lässt grüßen«, fuhr Herb im Plauderton fort. »Weiber. Können nicht mit ihnen leben, und können sie nicht abknallen, außer im Staate Texas, stimmt's, Brüderchen?«

»Stimmt genau, Herb.« Donnie stieß wieder sein angestrengtes Keuchen aus.

»Also. Wie ich sagte, wir vergessen mal für einen Augenblick den ganzen Kuhmist und du fängst am besten nochmal von vorn an. Und diesmal mit der richtigen Geschichte. Also. Was soll das mit dieser Kim?«

»Okay, Herb.« Sagte es und klang wie ein beschissener, verknallter Schuljunge. War er jemals was anderes gewesen?

»Die Schlampe aus dem Internet, aus diesem ... diesem Fickportal oder was?« Herb grinste und klemmte sich den Hörer zwischen Schulter und Wange, um das zweite Bier aufzumachen.

»Äh ..., ja, Herb. Aber es ist ein seriöses ...«

»Schon klar. Du triffst dich mit einer Nu ... mit einem Mädchen aus dem Internet. Bist du jetzt völlig übergeschnappt, Donnieboy?«

»Wir haben uns schon ein paar Mal getroffen, Herb. Und nenn sie bitte nicht so.«

»In Ordnung, Donnieboy. Habt euch also getroffen. Ihr habt euch ...« Das Bier verharrte mitten in der Luft. Der Hörer plumpste auf ein Sofakissen. Herb starrte mit offenem Mund ins Leere.

»Warte«, fuhr er fort, nachdem er den Hörer wieder zum Ohr geführt hatte. »Ist es dieses Schlitzauge? Diese kleine Japsentussi, die du mir gezeigt hast? Oder Chinesin oder was auch immer. Die gibt es wirklich?«

»Sie ist Chinesin, Herb. Und ja, es gibt sie wirklich.« Donnie klang jetzt beinahe genervt, fast schon ätzend. Hatte sich wohl über Nacht sowas wie Eier wachsen lassen. Meine Güte, der Herr sendet Zeichen und Wunder.

Nur war es freilich nicht irgendeine Chinesin, oder?

Wenn sie es denn war.

Scheiße.

»Eine Chinesin, soso«, murmelte Herb und irgendwie schweiften seine Gedanken ab. Zum Park und der Bank mit dem Pärchen und von da zu Donnie und dann zu der hässlichen Gipsplastik und damit automatisch auch zu

Mike. Dem sie den halben Kopf weggeschossen hatten, diese verdammten Schlitzaugen. Scheiße auch.

»Herb?« Donnies Stimme kam von ganz weit weg.

Herb sammelte er sich. »Scheiße auch, Donnieboy. Eine Chinesin.«

»Ja, Herb. Aber sie lebt schon eine Weile in den Staaten. Sie ist wirklich sehr nett und ... und echt in Ordnung.«

»Sie ist in Ordnung.«

»Ja, Herb.«

»Dieses Chinamädchen ist also in Ordnung?«

Herb ließ die Worte stehen wie eine Wolke, wenn jemand einen ziehen lässt.

»Herb, ich ...«

»Diese verdammten Chinesen haben mir das linke Auge ausgeschossen, Donnie, und meinen Fuß in einen Klumpen Hackfleisch verwandelt.«

»Ich ...«, stammelte Donnie, »ich weiß, Herb. Deshalb wollte ich ja noch etwas warten. Und es später mal in Ruhe mit dir besprechen.«

»Ach scheiß drauf, Mann. Ich nehm dich nur hoch.«

»Ehrlich, Herb?«

»Na klar«, sagte Herb und bemühte sich um einen unverbindlichen Ton. »Du hast ne kleine Ling-Ling zur Freundin, das ist in Ordnung. Besonders für dein kleines Ding-Ding, vermutlich.«

Herb lachte schallend, und Donnie stimmte keuchend ein. Lass sie mich in Augenschein nehmen, deine kleine Schlitzfotze dachte Herb. Solange die Erinnerung noch frisch ist. Bring sie nur vorbei.

Damit ich sie in Augenschein nehmen kann.

»Wann holst du sie denn vom Flughafen ab diese Kim?«

»Sechs, Herb, ich hol sie gegen sechs.«

»Verstehe.«

»Aber ich glaube nicht, dass wir dann viel Zeit haben, um ... also, weißt du Herb, ich dachte, wir verbringen den Abend vielleicht lieber gemeinsam, also Kim und ich. Sei nicht böse, okay? Wir holen das nach, ja?«

Denken, Herb. Du musst nachdenken.

Eine hübsche, junge Frau. Viel zu jung und viel zu hübsch für diese Nullnummer von einem kleinen Bruder, und dann auch noch übers Internet. Die Donnie gleich vom Flughafen abholen würde. In Tulsa. Gut achtzig Meilen von Stillwater entfernt.

Scheiße auch.

Wenn sie nun doch nicht die auf der Parkbank war?

Immerhin sahen sich diese Schlitzaugen doch alle ähnlich wie die Lemminge in diesem bekackten Computerspiel.

Aber.

Aber zu einem Flughafen kann man auch mit dem Auto fahren. Und dann so tun, als wäre man der soeben gelandeten Maschine entstiegen.

Hielt einen keiner von ab.

Wenn sie es nun war, würde er Donnie vielleicht vor einem Riesenfehler bewahren, dem größten seines ganzen beschissenen Lebens vermutlich. Verdammt, er schuldete das Donnie.

Donnie, der sein Bruder war, und auch sowas wie der behinderte Sohn, den er zum Glück nie gehabt hatte.

»Donnie, du weißt, wie viel es Marjorie bedeutet?«

»Ja, aber ...«

»Unterbrich mich jetzt nicht, Donnie. Du weißt, wie viel Mühe sie sich mit dem verdammten Fraß immer gibt, und nur deinetwegen. Mir setzt sie sowas Raffiniertes nie vor.«

»Ich mach's wieder gut, Herb, versprochen!«

»Hör mal. Onkel Herb hat die Lösung. Hat Onkel Herb nicht immer die Lösung parat, Brüderchen?«

»Klar, Herb. Schätze schon. Aber ich muss jetzt wirklich los, ich ...«

»Also, wie ist das? Du holst die kleine Ling-Ling vom Flughafen ab. Dann kommt ihr her, zieht euch Marjories berühmte Fischlasagne rein und dann verschwindet ihr und du vögelst dem kleinen Schlitzauge das Hirn raus. Ich lass sogar eine Flasche Wein springen. Guter Tropfen, hörst du? Macht die Weiber willig. Dann kann sie gar nicht anders, dann vögelt sie sogar dich, ganz bestimmt! Hörst du mich, Donnieboy?«

»Ja Herb, aber so ist das nicht mit uns ...«

»Ach, Donnie, hör auf, hör auf. Sonst kotz ich mir noch auf die Füße, ich schwör's!«

Herb machte ein paar Würgegeräusche.

»Marjorie!«, brüllte er, »Donnie hat's schwer erwischt. Bring besser den großen Eimer aus der Küche! Schnell, ich kanns nicht mehr lang drin behalten.«

»Herb, Mann ...« Donnie stieß wieder das trockene Keuchen aus. Urkomisch fand er das.

»Also, ihr kommt vorbei, nur 'ne Stunde oder so. Esst ein bisschen was und trinkt ein Glas von Herbs bestem. So sparst du dir das Geld für irgend so ein teures Restaurant, und es bricht Marjorie nicht das Herz.«

»Eine Stunde?«

»Eine Stunde.«

»Keine Por ... ich meine, keine Pokerrunde?«

»Keine Pokerrunde, Brüderchen. Schon klar. Wir machen es richtig gemütlich, und Marjorie wird sich ein zweites Arschloch in ihren fetten Hintern freuen. Keine Widerrede!«

»Herb, ich ...«

Aber da hatte Herb schon aufgelegt. Starrte nachdenklich auf die beiden zerdrückten Bierdosen vor sich auf dem Kaffeetisch. Eine leer, eine halbleer. Oder halbvoll, wo war der beschissene Unterschied?

Ansonsten nahezu identisch.

Und wenn nun nicht bloß er sie, sondern die kleine Schlitzaugenfotze auch ihn erkannt hatte, trotz der Sonnenbrille? Und wenn schon. Was würde sie sagen? Dass er im Park hinter einem Baum gestanden und sich einen gewichst hatte? Wer würde ihr das glauben? Außerdem war da noch das Gebüsch gewesen. Vermutlich hatte die Schlampe im Park überhaupt nichts gesehen, und letztlich war es öffentliches Gelände und er hatte wirklich pissen gemusst wie ein Rennpferd. Und vermutlich war sie es sowieso nicht.

Wenn aber doch?

Dann hatte er sie mit einem anderen Kerl auf der Parkbank sitzen sehen, und zwar ziemlich eng. Und ein paar Stunden, bevor sie angeblich in dem beschissenen Flieger nach Tulsa saß. Dann würde sie erst recht die Klappe halten.

Aber Herb nicht.

Heute Abend würde er es wissen. Wozu war er schließlich ein Cop, wenn er es nicht rausbekommen würde, wenn sie vor ihm saß? Kein Bedarf für einen Lügendetektor. Bei einem richtigen Cop gehört der zur Grundausstattung, yessir!

Wenn sein eingebauter Lügendetektor bei der Schlampe ansprang, dann würde er dafür sorgen, dass Donnie die kleine Hure vor die Tür setzte. Gleich hier und jetzt. Und zwar, bevor sie ihm sein Herz brach oder ihn um seine mickrigen Ersparnisse brachte oder was immer sie sonst vorhatte.

Was immer sie vorhatte.

Warte.

Und plötzlich ergab alles einen Sinn.

Donnie und sein beschissenes Internet. Man hörte das doch ständig, im Fernsehen warnten sie andauernd davor. Die Gipsplastik. Beschissener, dummer Donnie.

Herb wählte die Nummer nochmal.

Donnie ging nicht ran.

»Scheiße!«, brummte Herb. Marjorie kam rein, mit dem großen Plastikeimer aus der Küche.

»Was soll das?«

»Na ja, Herb. Du hast gerufen, dass du ... dass du einen Eimer brauchst. Aber ich wollte nicht reinkommen, solange du mit Donnie am Telefon sprichst. Aber jetzt seid ihr doch fertig, nicht wahr?«

»Oh, Marjorie, du bist so dumm, dass es dem kleinen Jesus im Himmel weh tut.«

»Ja, Herb.«

Herb nickte und sah sie ernst an, während sich ihre wässrigen Augen mit Tränen füllten. Das war überhaupt kein Mordsspaß, überhaupt keiner. Wenn jemand so dumm war, gab es überhaupt nichts mehr zu lachen. Wenn ein Weib so ausgesprochen dämlich war, dann half nur eines, und auch das stand alles schon in der Bibel. Dann half nur der Gürtel.

»Ist dein Glück, dass ich gerade diese dämlichen Jogginghose trage, Marjorie. Wo keine Gürtelschlaufen dran sind.«

»Ja, Herb.«

Eine einzelne Träne rann über ihre Wange.

»Und dass ich jetzt unter die Dusche muss.«

»Ja, Herb.«

»Ist dein Glückstag. Solltest du in deinem Kalender anstreichen.«

»Mach ich, Herb«.

Jetzt flennte sie richtig, heiliger Jesus. Wie ein beschissenes Kind. Stand da mit ihrem bescheuerten Eimer mitten im Wohnzimmer und flennte ihm was vor.

»Und sieh zu, dass du mit dem Essen fertig wirst. Und schmeiß dich in Schale. Donnie kommt vorbei.«

»Er kommt doch vorbei?«

»Ist das ein Problem, Marjorie?«

»Nein«, beeilte sie sich zu sagen. »Natürlich nicht. Natürlich nicht.«

»Dann ist ja gut. Und nimm die große Auflaufform. Er bringt seine Freundin mit.«

»Seine Freundin?«

Herb stand auf. Ging zu ihr hin. Packte an ihre fette Brust und kniff kräftig hinein. Und vielleicht dachte er da wieder ein bisschen an die Chinesin auf der Parkbank, und was er gern mit der angestellt hätte. Marjorie stöhnte und heulte noch ein bisschen mehr. Ließ aber den Eimer nicht los, ihr Glück. Herb drückte noch einmal richtig zu, dann ließ er das schlaffe Fleisch los.

»Bist du ein beschissener Papagei, Marjorie, dass du mir alles nachplapperst?«

Sie schüttelte den Kopf. Rote Flecken auf ihren Wangen.

»Wenn ich dich so sehe, brauch ich den Eimer vielleicht doch noch«, sagte er. Lachend ging er unter die Dusche.

Donnie kommt zum Essen

Punkt sieben Uhr klingelte es an der Tür. Marjorie hatte die große Auflaufform herangeschafft und war extra nochmal zu Sears gefahren, um den Fisch und den Käse aufzustocken.

Es würde genug zu Essen da sein.

Ein Mann darf nicht sparsam sein, wenn er Gäste erwartet. Und irgendwie war sogar Donnie heute so etwas wie ein Gast, zumindest kam es Herb so vor.

Marjorie stürzte zur Tür und blieb dabei an der Durchreiche hängen. Mitgerissen von ihrem eigenen Schwung knallte sie gegen die gegenüberliegende Wand und brachte beinahe das kindische Bergpanorama zu Fall, das dort hing. Herb lachte schallend auf, als sie sich die schmerzende Schulter rieb. Gemächlich stand er aus dem Sessel auf, während Marjorie die Gäste einließ. Ein Mann weiß, was sich gehört, Beinschiene oder nicht.

»Hi, Marjorie«, hörte er Donnie aus dem Flur.

»Hallo, Donnie, schön dich zu sehen.« Sie kicherte blöde. »Euch beide.«

»Danke schön. Das ist Kim. Kim, das ist Marjorie. Herberts Frau.«

Herbert? Was zur Hölle stimmte manchmal bloß nicht mit diesem Hosenscheißer? Herbert! Warum nicht gleich Mister Bouthillier?

»Alles okay, Marjorie?«, fragte der Hosenscheißer.

»Was? Na klar, Donnie, warum fragst du?«

»Habe da gerade so ein Rumsen gehört.«

»Ach das«, lachte Marjorie. »Bin an der Durchreiche hängen geblieben. Reines Ungeschick.«

»Ach so.«

Dann lachten sie beide ein bisschen, der Schwachkopf und Herbs tollpatschige Frau. Die Chinesin lachte nicht, oder Herb hörte es nicht. Wollte ihr Herb auch nicht geraten haben über seine Frau zu lachen.

Dann kamen sie endlich rein.

Herb nickte Donnie beiläufig zu.

»Donnie.«

»Hi, Herb. Herb, das ist Kim. Kim, das ist mein Bruder Herbert.«

Sie war es.

Oder nicht?

Scheiße auch. Sie hatte Schlitzaugen. Natürlich. Hatte sie ja auch auf dem Foto gehabt, dass Donnie ihm gezeigt hatte. Und lange, schwarze Haare. Aber die hatten sie doch alle, die Schlitzaugen-Lemminge oder hatte schon mal wer von einem blonden Chinesen gehört?

Herb nickte dem Mädchen zu und ließ sie dabei keine Sekunde aus den Augen. Der erste Eindruck ist der entscheidende, in jeder Hinsicht.

Hübsch war sie ja. Aber die Haare trug sie ein wenig kürzer als das Mädchen auf der Parkbank. Oder?

In ihren Augen war keine Spur eines Erkennens und irgendwie verspürte Herb darüber sogar einen Anflug von Erleichterung. Sie kam zu ihm rüber, lächelte, schüttelte ihm die Hand, sagte artig ihren Namen auf.

Kim Chang oder sowas ähnliches, aber sie sprach das ›Ch‹ in Chang irgendwie seltsam aus. Weich, rollend, ganz bestimmt nicht amerikanisch.

Mann, hatte die eine kleine Hand. Wie ein Kind. Schon klar, dass Donnie sowas gefiel. Weicheier werfen scheinbar immer ein Auge auf solche Frauen, die selbst keine halbe Portion sind. Vermutlich konnte die nicht mal was Vernünftiges kochen. Nur solchen Schlitzaugenfraß, wenn überhaupt. Und vermutlich war das Donnie auch noch scheißegal.

Armer, irrer Donnie.

Der würde vielleicht eines nicht mehr all zu fernen Morgens aufstehen und feststellen, dass er der Gefickte war und nicht die kleine Chinamatratze, die er am Abend zuvor bestiegen hatte.

Er wäre nicht der erste, dem das passierte.

»Kann gleich losgehen«, sagte Marjorie, »Bestimmt seid ihr schon hungrig.« Dann stolperte sie in die Küche. Das Mädchen machte keine Anstalten, ihr zu folgen. War wohl doch nicht so gut erzogen.

Donnie zog der Kleinen den Stuhl heraus wie ein richtiger Gentleman und sie bugsierte ihren kleinen strammen Arsch darauf, während sie einfach nicht aufhörte mit diesem Chinagrinsen. Und Herb hörte nicht auf, sie anzustarren. Es war schließlich sein Haus.

War sie es?

War sie es nicht?

Waren ihre Haare kürzer?

Oder nicht?

»'N Bier, Donnie?«, fragte Herb und löste seinen Blick von ihr, mit einiger Mühe.

»Danke, Herb, aber ich glaube, heute verzichte ich mal. Ich muss ja dann noch fahren.«

Er tätschelte ihre Hand und sie lächelte ihn an. Echt zum Kotzen. Marjorie kam mit dem Tablett rein.

Herb nahm die Weinflasche vom Tisch.

»Schon klar, Donnie. Dann nehme ich an, willst du auch nichts von diesem edlen Tropfen hier?«

Herb hob die Flasche an und die anderen ließen ein anerkennendes Raunen hören. Gerade so, als ob sie etwas davon verstehen würden.

»Na ja, höchstens ein klitzekleines Tröpfchen.«

»Ein klitzekleines Tröpfchen, ja?« Herb grinste breit, und Donnie ließ sein verzweifeltes Keuchen hören. »Der kleine Donnie möchte also ein klitzekleines Tröpfchen. Dann soll Donnie ein klitzekleines Tröpfchen bekommen.«

Im letzten Moment zog er die Flasche zurück und schwenkte sie über Kims Glas. »Aber erst die Dame.«

Sie bedankte sich mit einem schüchternen Lächeln.

Donnie starrte sie an, als wäre sie eine Mischung aus einem Hundewelpen und einer Sexgöttin, und vermutlich war sie das für ihn auch. Sie blieb weiterhin völlig cool. Keine Spur von Wiedererkennen, nur dieses Dauerlächeln.

Andererseits: Die Schlitzaugen lächelten doch ständig, verbargen ihre Gefühle hinter diesem Grinsen wie hinter einer Maske. Das wusste jeder. Die kriegen das schon als kleine Kinder beigebracht. Oh, verdammt, er war sich einfach nicht sicher.

Während sie aßen, dachte Herb nach.

In einem Moment sah sie aus wie die Kleine vom Park, und dann wieder überhaupt nicht mehr. Oder doch? Üble Sache. Regelrecht zum Verrücktwerden.

Sie sprachen über irgendwelchen Blödsinn und die Kleine versuchte ein paar Satzfetzen in einigermaßen passablem Englisch, wobei sie nie ganz das Rollen bleibenließ, besonders beim ›r‹ und beim ›l‹.

Für Herb klangen ihre schüchternen Kommentare wie auswendig gelernt. Ja, nein, bittel sehl, das ist sehl gut, dankelsöhn. Ihre neuen Fans Donnie und Marjorie hingegen waren ganz Feuer und Flamme, während Herb nur hin und wieder mal einen Scherz oder eine Bemerkung einwarf. Die meiste Zeit brütete er dumpf vor sich hin und versteckte seine Überlegungen hinter seiner Maske des Lächelns.

Zum Beispiel diese: Vielleicht würde er sich heute Abend noch kurz auf Marjorie draufrollen (War immerhin ihr Glückstag heute), und ihr die alte Schlange geben und dabei an Donnies kleine Schlampe denken. Das hätte was. War ein süßes Ding, diese Kim. Und verdammt jung, höchstens Ende Zwanzig, aber auch das ließ sich bei den Asiatinnen nicht mit Bestimmtheit sagen.

Herb stellte sich vor, wie es wohl sein würde, seinen mächtigen Prügel in ihren engen Schlitz zu treiben. Sicher nicht allzu schön — für sie. Jetzt grinste er wirklich, vielleicht ein bisschen zu breit.

Er schreckte aus seinen Gedanken auf, als Marjorie ihn sanft am Ellenbogen stieß.

»Schatz?«

»Ja, verdammt«, brummte er, »was ist denn?«

»Donnie fragt, wo du den Wein her hast? Er schmeckt sehr gut.«

»Na, aus dem besch...«, begann Herb, aber dann unterbrach er sich. »Aus 'nem Spezialgeschäft. Kenn da so einen Weinhändler. Ein paar Blocks von hier, die Straße runter. Der hat sich spezialisiert ... auf die guten Sorten. Hält mir immer ein paar Flaschen von dem guten Zeug unter der Ladentheke bereit.«

»Siehst du«, erklärte Donnie seiner Angebeteten, »Herb ist ein respektierter Mann hier in der Nachbarschaft.«

Die Kleine lächelte und tat beeindruckt. Verstehen konnte sie Englisch demnach recht gut. Verstellte sie sich also vielleicht auch nur, was das Sprechen betraf?

Irgendwann kam Marjorie mit dem Nachtisch, irgendeine Puddingpampe. Die gute Hälfte der Lasagne stand noch unangetastet auf dem Tisch, und schönen Dank auch. Die Gäste schlangen den Nachtisch runter und redeten noch ein bisschen Unfug, den Marjorie mit ihrem üblichen dümmlichem Gekicher quittierte.

Irgendwann standen die beiden endlich auf. Hatten offenbar noch eine Menge vor heute Abend.

»Vielen Dank für die Einladung, Marjorie«, sagte Donnie.

»Vieleln Dang!«, sagte die Kleine und die beiden anderen Clowns lachten ein bisschen gutmütig über ihre drollige Aussprache, dann grinsten sie alle drei Herb an.

»Danke für den tollen Abend, Herb. Und den Wein.«

»Keine Ursache, Donnie«, sagte Herb. Und schenkte ihm sein patentiertes, einäugiges Herb-Augenzwinkern.

Nimm sie ordentlich ran, Donnieboy.

Dann drückte Herb die Hand der Chinesin. Klein wie eine Kinderhand und ganz zart. In China dürfen die Frauen keiner körperlichen Arbeit nachgehen, wusste Herb, und letztlich zahlte sich das wohl doch irgendwie aus. Clevere Burschen, diese Chinesen.

»Donnie, Kim«, sagte Marjorie, »Ihr müsst von der Lasagne mitnehmen. Es ist noch so viel übrig und ... sie hat euch doch geschmeckt, oder?«

Eine Fangfrage. Herb grinste.

»Na klar, Marjorie, die war ganz ausgezeichnet«, behauptete Donnie. Klar, dachte Herb, wenn man zerkochten Fisch und labbrige Nudeln mag.

»Na siehst du, Donnie. Ich geb euch was mit. Tut sie in den Kühlschrank, dann könnt ihr morgen davon essen, ja?«

»Das ist doch nicht nötig, Marjorie, wirklich!«

»Na na, keine Widerrede! Ich bestehe darauf.«

»Okay, dann ... vielen Dank!«

»Aber klar doch«, sagte Marjorie und rannte in die Küche, um Silberfolie zu holen. Die beiden zogen ihre

Schuhe an. Die Kleine trug so schwarze Absatzschuhe mit hohen Absätzen. Nuttenschuhe, natürlich. Jetzt war sie beinahe so groß wie ein richtiges Mädchen. Armer dummer Donnie, dachte Herb, wo bist du da bloß reingeraten?

Marjorie kam zurück mit der Auflaufform, eingewickelt in Aluminiumfolie.

»Und was essen wir morgen?«, verlangte Herb zu wissen und ließ es klingen wie im Scherz.

Marjorie warf ihm einen erschrockenen Blick zu und stammelte dann: »Ich mach dir deinen Lieblingsburger, ja? Mit Zwiebeln und Speck. Wie du ihn magst, Schatz. Ich muss eh noch einkaufen fahren.«

Herb nickte, und Donnie nahm die Auflaufform entgegen. Dann die offizielle Verabschiedung und die beiden gingen hinaus in die Nacht. Die Absätze der kleinen Schlampe klackerten nuttig in der Einfahrt.

Herb schloss die Tür.

»Sie ist nett«, sagte Marjorie und strahlte ihn an, »Donnies Freundin.«

»Kein Grund, ihnen so aufdringlich dein Essen aufzuschwatzen.«

»Tut mir leid, Herb.«

»Hol mir ein Bier. Von diesem scheiß Wein muss ich kotzen.«

»Klar, Herb. Aber so schlecht fand ich ihn eigentlich gar nicht ...«

Mit einer Kopfbewegung unterbrach er sie und deutete in Richtung Küche. »Ich mach das mit den Abfällen.«

»Oh, du bist ein Schatz, Herb Bouthillier«, plärrte Marjorie und eilte in die Küche, um den Plastiksack mit den Abfällen zu holen, die bei der Zubereitung ihres verschwenderischen Mahls angefallen waren.

Herb nahm ihr den Sack ab und öffnete die Tür zur Garage. Er ging immer durch die Garage zu den Mülltonnen. Einmal war es der kürzere Weg und zweitens führte dieser Weg am Fenster des Badezimmers der Meyers vorbei, und deren Tochter vergaß manchmal, die Vorhänge zuzuziehen, wenn sie unter der Dusche stand. Und Mann, hatte die kleine Myers ein schönes Paar Titten für ihr Alter.

Heute nicht. Heute duschte niemand im Haus der Myers. Dafür stellte Herb fest, dass die Tonnen vorn auf der Straße standen. Natürlich. Morgen früh würden sie abgeholt, er hatte sie ja selbst rausgestellt.

Also ging er auf die Straße, den Müllsack am ausgestreckten Arm, damit er sich keine Fischsoße auf die Klamotten tropfte. Er hob den Deckel und war gerade dabei, den Sack in die Tonne zu wuchten, als er mitten in der Bewegung innehielt.

Er hatte Donnies meckerndes Ziegenlachen gehört, unverkennbar.

Rechts und gar nicht weit weg von ihm, nur ein Stück die Straße runter. Herb schlüpfte zurück in den Schatten zwischen den Akazien. Stellte den Sack ab. Lugte hinter den Akazien hervor. Schaute nach rechts. Sie hatten ihn offenbar nicht bemerkt. Kein Wunder, wie sie da so eng umschlungen standen. Sie an ihn gedrängt. Sie sprachen miteinander, diskutierten über irgendwas und dann drückte Donnie das Flittchen noch fester an sich. Eine gute Minute standen sie so herum, dann bewegte sich etwas. Herb kam ein unschöner Verdacht, als er das Geräusch eines Blechdeckels hörte, der von einer Mülltonne genommen und gleich darauf wieder draufgelegt wurde. Schließlich startet Donnie seinen Wagen, parkte aus und die beiden düsten davon. Herb schlenderte die Straße runter bis zu der Straßenlaterne, unter der die beiden Turteltäubchen gestanden hatten.

Er hob den Deckel der Mülltonne an, vor der die beiden sich einen abgelacht hatten. Die unappetitlichen Reste von Marjories berühmter Fischlasagne starrten ihn an.

Finster schüttelte Herb den Kopf.

Ein Mann sollte stets wissen, wie man sich als Gast zu benehmen hatte. Und er sollte dieses Wissen unbedingt an die Frau an seiner Seite weitergeben.

Unter allen Umständen. Selbst wenn diese Frau eine heimtückische Schlitzaugenfotze war.

Dann vielleicht ganz besonders.

Donnie und Kim

»Der Wein ...« Kim verzog das Gesicht. »Nicht sehr gut.«

Donnie musste lachen. Wenn sie das Gesicht verzog, kräuselte sich ihre Nase und das war bestimmt das Entzückendste, das Donnie je gesehen hatte. Sie war so unglaublich süß, wenn sie das tat. Und er war solch ein unglaublicher Glückspilz.

»Oh, Mann«, sagte er, »ich dachte, er lässt uns überhaupt nicht mehr gehen. Herb kann einem manchmal richtig das Ohr abkauen. Naja, ich schätze, er war eben schon immer so.«

»Ohr ... abkauen?« Kim schaute ihn fragend an.

»Das heißt, er redet viel, Baby. So viel, dass einem die Ohren davon abfallen. Also nicht richtig, natürlich. Ist nur so eine Art Redewendung.«

»Verstehe. Aber ... Marjorie die ist sehr nett.«

»Das ist sie, Kim. Vielleicht hätten wir den Fisch nicht wegschmeißen sollen, obwohl die Lasagne ... oh, Mann, mir ist immer noch schlecht davon. Aber sie hat es nur gut gemeint, ich bin mir sicher.«

»Ist ein nette Frau. Herb machen viele Witze.«

»Ja, nicht wahr? Er ist manchmal ein bisschen verdreht, aber er kann echt ein witziger Bursche sein. Er ist mal Polizist gewesen, weißt du?«

»Polizist ...«, sie guckte ihn aus großen Augen an. Gott, zum Anbeißen war das.

»Ja, ein richtiger Streifenbulle. Aber dann haben sie ihn im Dienst angeschossen. Mannomann. Haben ihn am Bein erwischt und ihm das Auge rausgeschossen und seinen Partner Mike ...«

»Auge?«

»Ja«, sagte Donnie und deutete auf sein eigenes.

»Deshalb trägt er immer diese getönte Brille, wenn er rausgeht. Herb hat links ein Glasauge. Da, wo ihn der Splitter getroffen hat. Mittenrein.« Donnie schüttelte den Kopf. »Ist ein richtiger Held, Herb. Hat einen Orden bekommen und das alles, bevor er aus dem Dienst ausgeschieden ist.«

»Wow«, machte Kim und das fand Donnie richtiggehend *entzückend*. Er mochte es, wenn sie staunte. Gott, er mochte alles an ihr. Und seit ein paar Wochen war er auf dem besten Weg, sich ernsthaft in sie zu verlieben. Ach Quatsch, dachte er, das ist doch längst passiert. Auch wenn es vielleicht nicht ideal war, wegen Herb und der Tatsache, dass ausgerechnet Chinesen ihm das damals angetan hatten, so war Kim doch das Beste, das ihm seit einer sehr langen Zeit passiert war.

Und hatte nicht auch er ein bisschen Glück verdient?

»Ja«, sagte er und nickte bedächtig, »Die Sache hat seinen Partner das Leben gekostet, Mike. Und Herb wäre um ein Haar auch dabei gestorben.« Dass es die Leute der Chinesenmafia gewesen waren, die Herb und seinen Partner damals erwischt hatten, behielt er lieber für sich.

»Oh je.«

»Ja. Aber Herb hat es überlebt. Und mir später die ganze Story erzählt. Wusstest du, dass ich früher auch Polizist werden wollte?«

»Mein Held!«

»Du bist süß, Kim.«, Und Teufel auch, wenn das nicht die Wahrheit war. »Aber sie haben mich nicht genommen. Wegen meines Asthmas, weißt du.«

»Ich bin froh.«

»Ach ja?« Donnies Ein-Mann-Computerservice

– Ihr Rechner wieder munter und gesund in unter einer Stund'! (Oder Geld zurück!) –

war sicher nicht das nächste Ding am Börsenhimmel und es war auch ganz bestimmt nichts Heldenhaftes daran. Aber es bezahlte die Rechnungen. Und das Haus gehörte ihm ganz allein, seit Tante Bertha gestorben war.

Ein Anfang war es allemal.

»Ja.«, sagte Kim und nickte. »Ich bin froh, du kein Polizist. Dann hast du kein falschen Auge und keine schlimmen Bein.«

»Komm her«, sagte er und sie kam zu ihm. Er schloss sie in seine Arme, wie er es vorhin unter den Akazien getan hatte. Roch den Duft ihres nachtschwarzen Haars, spürte ihren warmen Körper, der sich an ihn drängte. Verlor sich in ihr, als sich endlich ihre Lippen fanden. Ja, Donnie, dachte er, es ist wirklich zu spät, du bist längst bis über beide Ohren verknallt in dieses Mädchen.

Komme, was da wolle.

»Was ist das?«, fragte sie und deutete auf die hässliche, goldfarbene Gipsskulptur. »Ist ein Pferd?«

»Das? Hm, keine Ahnung. Herb hat es mir zum Geburtstag geschenkt. In dem Jahr, als er ... als er vom aktiven Dienst zurückgetreten ist. Hat ihn eine Stange Geld von seiner Invalidenrente gekostet, hat er gesagt. Also ja, es könnte ein Pferd sein oder was meinst du?«

»Hm, weiß nicht. Sieht komisch aus.«

»Da hast du recht. Ich hätte mir das Ding auch nicht freiwillig gekauft. Aber Herb, du weißt ja, wie er ist. Ich glaube, es würde ihm das Herz brechen, wenn ich das Ding woanders hinstellen würde und verkaufen kann ich es natürlich auch nicht. Also steht es neben der Couch und setzt Staub an. Bringt mich ja nicht um, den hin und wieder wegzuwischen und Herb freut sich, da bin ich sicher.«

Kim nickte und wandte sich ihm zu.

»Hast du mehr Wein?«

*

Später lauschte er ihrem gleichmäßigen Atem, als sie eng an ihn gekuschelt neben ihm lag. So sanft, so beschützenswert, so ... ihm fiel kein Wort für das ein, das er für sie empfand. Er wusste nur, dass es sich ziemlich genau am anderen Ende des Spektrums der Gefühle bewegte, die er in Herbs Keller empfand, während ihrer sogenannten Pokerrunden.

Er mochte Herb, denn sein Bruder war ein cooler Typ. Ein Cop und ein Held, nicht zu vergessen. Herb war so ein Typ, dem niemals jemand auf dem Schulhof das Pausenbrot geklaut hatte, und er hatte Donnie mehr als einmal vor einer Tracht Prügel bewahrt. Herb hatte eher zu der Sorte Schüler gehört, die anderen das Pausenbrot abnahmen. Und dennoch hing er gern mit Donnie herum.

Und das war cool, klar.

Aber vielleicht wurde es dennoch allmählich Zeit, dass sich Donnie mal mit ein paar anderen Leuten traf.

Was Donnie betraf, so hatte er allmählich genug von Herbs Keller, und von den Filmen, die dort während ihrer als Pokerrunden (als ob man zu zweit Pokern könnte!) getarnten Fernsehabende liefen. Dabei war das anfangs sogar ziemlich gut gewesen. Ein bisschen Popcorn und Salzbrezeln und jede Menge Bier. Sie hatten den Superbowl geschaut, wenn auch als Aufzeichnung. Ansonsten jede Menge Actionstreifen, bei denen es richtig zur Sache ging oder auch mal einen Horrorfilm.

Das war okay gewesen, nur ein bisschen abendlicher Nervenkitzel vor der Mattscheibe.

Und als Herb mit den anderen Filmen angefangen hatte, den Pornosachen, die er bei irgendeinem Versandhandel bestellte — was war denn schon dabei gewesen?

Schließlich schaute jeder Mann sowas, sogar die verheirateten. Die ganz besonders, vermutlich.

Also hatte Herb manchmal, wenn er genug intus hatte, einen von diesen Filmen reingeschoben und ja, anfangs hatte Donnie das sogar ein bisschen erregend gefunden. Besonders, wenn er abends allein gewesen war und noch mal über die eine oder andere Szene nachgedacht hatte.

Aber in letzter Zeit waren die Filme härter geworden, von noch schlechterer Qualität als die üblichen Sexfilmchen und — irgendwie düster.

Roh und gewalttätig.

Auf gewisse Weise weit verstörender als die härtesten Horrorfilme, und Donnie konnte sich nicht erinnern, wann sie zuletzt so einen geschaut hatten. Das würde aufhören, nahm er sich vor. Ab sofort. Oder bei nächster Gelegenheit.

Er würde eben in nächster Zeit sehr viel für die Firma zu tun haben.

Sicher würde Herb das verstehen.

Kim regte sich und vertrieb Donnies düstere Gedanken. Vertrieb sie wie ein Wind, der düstere Wolken vor einem blauen Himmel auseinandertreibt, als wäre das gar nichts.

»Hey«, sagte Donnie und küsste sie auf die Stirn.

»Hey«, sagte sie und schenkte ihm ihr strahlendes, makelloses Lächeln. Er wollte in der Schwärze ihrer Augen ertrinken, dachte er, und Mann, wäre das eine poetische Art zu sterben. Donnie schüttelte den seltsamen Gedanken ab und sie schob ihren wendigen Körper auf ihn. Küsste seine Brust. Das war elektrisierend.

»Badezimmer?«, fragte sie und Donnie sagte:

»Im Flur, zweite Tür links.«

Sie nickte und stand auf. Ging durch das Zimmer, nackt und wunderschön, wie sie war, und ohne jede Hemmung.

*

Donnie machte ihr Pancakes zum Frühstück und sie hatte Appetit. Er mochte es, ihr beim Essen zuzuschauen.

»Was lachst du?«, fragte sie, »Etwas an meinem Mund, eine Krümel?« Hastig wischte sie sich mit ihrer Serviette über den Mund.

Donnie schüttelte den Kopf. »Alles in Ordnung. Er ist perfekt, weißt du? Dein Mund.«

»Was machen wir?«, fragte sie und grinste ihn an, während sie sich ein weiteres Stück Pancake in ihren entzückenden Mund schob.

»Na ja«, sagte Donnie. »Ich weiß jedenfalls, was ich machen möchte«.

»Was denn?«

»Ich will mit dir unter die Bettdecke schlüpfen und den ganzen Tag dort herumliegen und gar nicht wieder aufstehen.«

»Okay«, sagte sie. Die einfachste Sache der Welt.

»Es geht nicht. Ich muss mir den Rechner vom alten Wierman ansehen. Dem die Werkstatt gehört. Er sagt, die Software spinnt herum, seit sie das neue Rechnungsprogramm draufgespielt haben. Aber ich glaube, er braucht nur eine neue Festplatte.«

»Musst du. Heute?«

»Ja. Tut mir leid. Aber wir haben noch ein bisschen Zeit. Du ...«, er zögerte. »Du kannst vielleicht warten, bis ich zurück bin. Es dauert vermutlich nur eine Stunde oder so. Wenn du willst, natürlich.«

»Okay. Gehen in Bett. Ist noch bisschen Zeit.«

»Was denn, jetzt?«

Sie nickte, steckte ihren gekrümmten Zeigefinger und zog ihn mit sich in Richtung Schlafzimmer. Mühelos.

»Aber das Frühstück ...«

»Gehen in Bett. Wenn du mich fängst.«

Donnie musste lachen, »Was?«

»Du mich fängst, dann Sex.«

Sie grinste ihn an, zog den Finger aus seinem Hosenbund und fetzte los.

Donnie hinterher, lachend.

An der Couch hätte er sie beinahe eingeholt, aber sie entwischte im letzten Moment, setzte über die Couch, strahlte ihn an. Er ihr gegenüber, das Polster der Couch zwischen ihnen. Sie stemmte ihre Hände in die Hüften und sah ihn an, als müsse sie angestrengt nachdenken.

»Du willst nicht mehr Sex jetzt?«, fragte sie und setzte eine Unschuldsmiene auf.

Donnie langte nach vorn, packte sie an der Hüfte und zog sie zu sich heran. Sie kicherte und quiekte und strampelte mit den schlanken Beinen, aber Donnie ließ sie nicht los. Er stieg nun selbst auf die Couch und hob sie in die Höhe. Sie war leicht wie ein Kind. Sie kicherte und strampelte weiter.

»Nein!«, rief sie, »Ich kitzelig!«

»Das hättest du dir vorher überlegen müssen, junge Dame!«, rief Donnie lachend, als sie sich in seinen Armen wand. Er schwang sie herum, um sie neben sich auf den Boden zu stellen. Im Flug der Bewegung blieb ihr rechter Fuß an der hässlichen Goldskulptur hängen, die Herb ihm geschenkt hatte.

Sie rief »Au!« Und das Ding knallte aufs Parkett, wo es in tausend Teile zersprang.

Kim erstarrte, als der Knall durch das Zimmer hallte.

Donnie stellte sie neben sich auf dem Boden ab.

Jetzt lachte Donnie nicht mehr.

»Scheißescheißescheiße«, flüsterte er und kniete sich neben die Reste der Skulptur auf den Boden. Die Diskussion, was die Figur eigentlich darstellen sollte, hatte sich hiermit wohl erübrigt. Sie stellte jetzt nur noch einen Haufen Scherben dar, das war alles. Herb würde nicht begeistert sein, überhaupt nicht.

Shit.

Zwischen den Scherben glitzerte etwas.

»Was zur Hölle ...«, sagte Donnie und griff sich einen der glitzernden Steine aus den Trümmern der Scheußlichkeit aus goldbepinseltem Gips. Er hielt ihn in die Höhe. Der Stein glitzerte im Sonnenlicht, wie Donnie noch nie etwas hatte glitzern sehen.

Tommy Chang

»Kim. Ich hätte nicht gedacht, dass wir uns so bald wiedersehen, das freut mich. Hast du Sehnsucht nach den alten Zeiten?«

»Hallo Tommy. Ehrlichgesagt ... Nein, habe ich nicht. Aber kannst du mir helfen wegen dieser Sache, über die wir am Telefon gesprochen hatten?«

»Kommst gleich zum Geschäftlichen. Wie früher, was? Na dann zeig mal her, was du hast.«

Sie gab ihm einen Briefumschlag. Er öffnete ihn und entnahm ihm einen der Steine.

»Holla!«

Er nahm den Stein mit einer Pinzette, hob ihn hoch und drehte ihn im Licht. Dann langte er nach der Lupe und klemmte sie sich in die Augenhöhle. Er hielt den Stein drunter und sah lange durch die Lupe, während er das andere Auge zusammenkniff.

»Und?«

»Wie viele hast du denn davon?«

»Ich weiß nicht. Zwanzig, fünfundzwanzig Stück.«

Tommy Chang pfiff durch die Zähne.

»Dir ist klar, dass ich wissen muss, woher die Steine stammen, wenn ich sie verkaufen will.«

»Das habe ich dir gesagt. Sie waren in einer Statue oder sowas versteckt.«

»Die euch runtergefallen ist und päng! War sie voller Diamanten. Scheiße, Kim.«

»Es sind Diamanten? Echte?«

»Jedenfalls sind es keine Glasperlen.«

»Es war so, wie ich sage.«

Tommy Chang schüttelte den Kopf.

»Das ist gefährlich. Wenn man was findet, hat es meist jemand anderer verloren. Vielleicht sucht derjenige schon danach. Ich muss den Markt abklappern, Erkundigungen einholen. Das hier sieht verdammt riskant aus.«

»Wie viel, Tommy Chang?«

»Wenn die restlichen Steine das halten, was der hier verspricht, vielleicht Einhunderttausend.«

»Einhunderttausend Dollar?«

»Falls die anderen Steine genauso sind, ja. Man könnte sie vermutlich für einiges mehr verkaufen, aber wie die Sache so liegt, sind die Dinger heiße Ware. Zum Fingerverbrennen heiß, verstehst du? Wenn die Lee-Brüder davon Wind bekommen oder die Familie Zeng ...«

»Du schuldest mir einen Gefallen, Tommy Chang.«

»Ja, Kim, das tue ich. Und deshalb gebe ich dir Einhunderttausend, wenn die Qualität stimmt. Das ist mein einziges und letztes Angebot. Nimm es an oder nicht.«

Zwei Tage später

»Es ist Donnie, Schatz!«, rief Marjorie durch die Tür oberhalb der Kellertreppe. Herb grunzte, Donnie solle dranbleiben und dass er unterwegs nach oben sei dann schloss er das Bildschirmfenster. Das Flittchen war ihm natürlich nicht aus dem Kopf gegangen. Donnies Flittchen. Auch bekannt als das Flittchen aus dem Park.

Oder möglicherweise auch nicht.

Herb hatte zwei ganze Tage lang über dieses Problem nachgedacht, ohne zu einer endgültigen Lösung gekommen zu sein. Und ein Problem war das sehr wohl. Wegen Donnie. Und wegen dem Säckchen in der Gipsplastik.

Unlängst war Herb sogar eine neue Idee gekommen: Die Green Card, auch das war eine Möglichkeit. Warum sonst sollte sich eine solche Braut mit einem Jammerlappen wie Donnie einlassen, wenn nicht wegen des Geldes und einer Aufenthaltsgenehmigung? Klar, dafür würde sie den Kerl sogar heiraten und hin und wieder an ihre winzigen Möpse gehen lassen, solange der nur schön brav mitspielte. War ja sicher nicht so, dass sie die Beine zum ersten Mal breitmachte, um an ein bisschen Kohle zu kommen. Die war ein Profi, das hatte Herb gleich bemerkt.

Neuerdings hatte Herb sich darauf verlegt, sich Fotos von asiatischen Mädchen auf Pornoseiten reinzuziehen. Falls er sie da eindeutig erkannte und das Foto ausdruckte und es Donnie zukommen ließ, ganz anonym natürlich, dann hatte es sich wohl mit der kleinen Miss Kim und dem schönen Traum von Donnies Kohle und der Green Card.

Er hatte sie nicht erkannt, oder jedenfalls nicht eindeutig, aber dieses ständige Starren auf die Bildchen hatte ihn ganz schön aufgewühlt. Marjorie hatte es drei Mal mit dem Prügel bekommen, allein in den letzten achtundvierzig Stunden, und bei Jesus, er hätte schon wieder gekonnt, kein Wunder, dass die im Haus herumflötete wie eine verfluchte Singdrossel. Freilich hatte er dabei nicht an Marjorie gedacht oder sie auch nur angesehen.

Das tat er schon seit langem nicht mehr.

Stattdessen hatte er sich vorgestellt, er wäre dieser großartige Hurensohn Dschingis Khan und ritte in das verdammte Kaiserreich von China ein. Seine Männer traten überall Türen ein und zerrten die Weiber gleich dutzendweise auf die Straße, schleiften sie vor seinen Thron an ihren langen, schwarzen Haaren, und sie quietschten wie die Ferkel und wanden sich im Staub dabei. Die hässlichen und die, die keine Jungfrauen mehr waren, wurden gleich an Ort und Stelle geköpft, wenn er mit seinem Zepter nach unten zeigte. Die jungen und schönen hielten seine Männer fest, damit er sie nach Lust und Laune besteigen konnte wie die geilen Stuten, die sie waren. Er besprang sie ohne Gnade und die kleinen Chinaweiber flennten sich die Seele aus dem Leib und überall stank es nach Blut und Tod und Gemetzel.

Ungefähr an dieser Stelle seiner Fantasie war er immer gekommen und hatte sein Zeug in Marjorie hineingerotzt. Gott, er hatte schon wieder einen Ständer, verdammt.

»Schatz, hörst du?«, quäkte Marjorie und klopfte sanft an die Tür. Mehr würde sie nicht wagen. Öffnen würde sie die Tür zum Keller ganz bestimmt nicht. Niemals. Sie wusste, was ihr blühte, sollte sie es jemals wagen, auch nur einen Fuß in Herbs unterirdisches Reich zu setzen.

»Donnie«, hörte er sie von jenseits der Tür. »Ich glaube, er hört mich nicht. Er ist im Keller und ...«

»Ich hör dich, Marjorie!«, rief Herb in Richtung Treppe, »Leg das verdammte Telefon vor die Tür und verzieh dich.«

»Ja, Schatz.«

Herb erreichte die oberste Treppenstufe. Sein Ständer beulte seine Hose immer noch ziemlich aus. Wieso hatte er sich nicht längst einen Telefonanschluss in den verdammten Keller legen lassen? Oder eins der Mobilteile mit nach unten nehmen, wenn er dann nur nicht ständig vergessen würde, es in die Ladeschale zu legen zum Aufladen.

Er öffnete die Tür und schnappte sich das Mobilteil vom Fußboden und ging die Treppe wieder runter. Die Tür fiel hinter ihm ins Schloss.

»Was gibt's?«, blaffte er in den Hörer.

»Hey, Herb, hier ist Donnie. Ich, na ja, ich muss heute nach Dallas. Die Konferenz? Ich hatte dir davon erzählt?«

»Und?«

»Also ich fahr jetzt los und bin bestimmt erst in drei Tagen wieder da. Kim fliegt zurück zu ihren Eltern.«

»Ach, hast du die Kleine endlich rausgeschmissen?«

»Was? Nein! Wieso? Wir sind nicht ... wir haben ... Also, sie fährt nur zu ihren Eltern, um ein paar Sachen zu holen. Sie wird bei mir einziehen, Herb.«

»Was?«

»Sie wird bei mir einziehen. Sobald ich aus Dallas zurück bin.«

»Mal sehen, für wie lange«, murmelte Herb. Bis sie ihre Green Card hat, vermutlich.

»Was?«

»Nichts. Hab nur laut gedacht. Und was hab ich damit zu schaffen?«

»Na ja, Herb, ich wollte dich bitten, ob du nicht ein Auge auf mein Haus haben kannst, während ich weg bin. Wenn du vielleicht mal vorbeigehen könntest. Oder vielleicht, wenn du joggst? Vielleicht könntest du vorbeijoggen oder sowas.«

»Vorbeijoggen. An deinem Haus, auf einem verdammten Fußweg neben einer vielbefahrenen Straße? Soll ich mir die Lunge aus dem Leib husten?«

»Die ist nicht vielbefahren, Herb. Und, na ja ... es ist ja nicht weit weg.«

»Und da fragst du mich mit meiner Beinschiene, weil ich ja so gut laufen kann?«

»Du hast doch gesagt, dass ...«

»Ja, ja, schon gut. Ich hab ein Auge drauf.«

»Danke, Herb.«

»Mann, Donnie, kapierst du's?«

»Äh ... was denn, Herb?«

»Ein Auge. Ich hab gesagt, ich hab ein Auge drauf. Eins.«

»Oh. Ach so.«, Donnie ließ eine überaus gequälte Variante seines dämlichen Ziegenlachens hören. »Weil du ... wegen deinem Glasauge. Ha, na klar. Der ist gut, Herb. Find ich stark, dass du das mit so viel Humor nimmst.«

»Ganz genau, mein Sohn. Ich kann kaum noch vor Lachen. Und wenn du nächste Woche aus diesem beschissenen Dallas zurück bist, schwing deinen dürren Arsch hier herüber zum Pokerspielen. Und bring gefälligst ein paar Bier mit. Du bist überfällig, Brüderchen«

»Ähm, Herb, wegen dieser ... na ja, dieser Sache mit dem Pokern.«

»Was ist damit?«

»Na ja, ich ... also ich weiß nicht. Vielleicht sollten wir mal was anderes machen. Oder so. Ich weiß nicht, richtiges Pokern vielleicht oder so, statt immer nur diese ... na ja, du weißt schon, dieses Zeug aus dem Internet zu schauen.«

»Was laberst du da, Donnie?«

»Na ja ... ich dachte nur ...«

»Dachtest nur? Ich kann kein beschissenes Poker spielen. Und ich will es auch nicht lernen, hörst du? Du schwingst deinen Arsch hier rüber, verstehst du? Und dann tun, wir, was wir immer getan haben. Pokerabend ist Männerabend.«

»Klar Herb. Kein Problem, dann können wir ja nochmal über alles reden.«

»Das wird sich zeigen.«

»Ja, Herb.«

Beschissenes Weichei. Weichgekocht von einer schlitzäugigen Hure. Das war kein Mordsspaß, das war überhaupt keiner. Nicht mal ansatzweise.

»Hast du was gesagt, Herb?«

»Nein. Viel Spaß bei deiner scheiß Konferenz.«

»Herb, ich ...«

Doch Herbs Zeigefinger war schon auf die Taste mit dem kleinen, roten Hörer herabgesaust. Sauste nochmal, und nochmal. Immer schneller wie der Schnabel eines emsigen Spechts hackte er auf die Auflegen-Taste ein.

Dann knallte er das Telefon gegen die Wand.

Hitze durchflutete seine Wangen und etwas in seinem Magen verkrampfte sich. Ein, zwei Minuten stand er so da, mitten in seinem Hobbykeller und starrte auf einen imaginären Fleck an der Wand, wo das Telefon zerborsten war. Er zitterte, als habe er Fieber, aber er war ganz kühl. Stand da und wartete, bis der rote Film vor seinen Augen sich verzog.

Dann ging er nach oben, um sich ein Bier zu holen.

Marjorie würde ein neues Mobilteil besorgen müssen.

Und vielleicht würde er sie später ein bisschen necken müssen, um auf andere Gedanken zu kommen. Gut möglich, dass er dafür den Gürtel brauchen würde.

Herb ging in die Küche.

Bloß war Marjorie nicht da. Auf dem Küchentisch lag ein Zettel, auf den sie in ihrer geschwungenen Schrift geschrieben hatte:

Hallo Schatz, ich fahr in die Stadt und treffe mich mit Beth. Auf dem Rückweg hole ich uns ein paar schöne Burger, mein Tiger.

Darunter hatte sie ein Herz gemalt. Ein beschissenes Herz. Wie es ein beschissener Teenager machen würde. Herb setzte sich an den Küchentisch, nahm den Zettel von der Tischplatte und begann, ihn in lange, dünne Streifen zu zerreißen. Manchmal half das. Aber nicht heute, das spürte er. Heut blieb der rote Schleier in seiner Nähe. Unsichtbar, aber bereit, ihn jederzeit anzuspringen.

Als es an der Haustür klingelte, hob Herb den Kopf und sah sich verwirrt um. Er hatte keine Ahnung, wie lange er an dem Tisch gesessen und die blöden Papierschnipsel angestarrt hatte.

Kim sagt Hallo

Es klingelte noch einmal. Herb humpelte durch die Küche und den kleinen Flur. Im Flur blieb er beinahe mit der Beinschiene am Teppich hängen. Herb verfluchte die Schwelle, den Teppich und die Beinschiene. Es klingelte zum dritten Mal. Herb rief:

»Ja doch, ich bin ja schon unterwegs!«

Er riss die Tür auf und erstarrte.

Es war Kim.

Kim.

»Hallo Mister Bou'ellier.«

»Bouthillier.«

Sie versuchte es noch mal. Ohne nennenswerte Fortschritte. Lächelte wie eine von diesen Pfadfinderinnen, die einem ihre steinharten selbstgebackenen Kekse andrehen wollen.

»Ich haben Auflauftopf!«, grinste sie und streckte ihm das beknackte Ding entgegen. Es war aus Glas und riesengroß und blitzeblank geputzt, und sie hatte eine kleine Tafel Schokolade reingelegt. Als Dank für Marjorie.

Nachdem sie ihre Lasagne in den nächsten Mülleimer gekippt hatte, diese schlitzäugige, kleine Schlange.

»Es heißt Auflaufform.«

»Auflau-fom.«

»So ähnlich.«

»Is Mah-joree zu Hause?«

Wer? Mah Jong? Mao Tse Tung?

»Die ist nicht da, Kim, bedaure. Nur du und ich.«

»Oh.«

»Oh?«

»Ja. Ich bringe die Auflau-fom.«

»Das ist schön, Kim. Gibt nur ein Problem.«

»Problem?«

»Ja, Kim. Ich bin nicht so gut zu Fuß, weißt du? Mein Fußgelenk. Hab es eingebüßt, während ich dafür gesorgt hab, dass die guten Amerikaner in dieser Stadt nachts besser schlafen können. Und nun hab ich Angst, dass ich die blöde Form fallen lasse und Marjorie nachher mit mir schimpft.«

Das sollte die sich mal trauen.

»Verstehe, Mr Bou'helier. Ich kann Auflau-fom reinbring für Sie.«

Sie lächelte zuckersüß. Hätte manch einer ihr vielleicht glatt abgenommen. Aber nicht Herb Bouthillier. Herb Bouthillier stand früher auf als die meisten anderen Menschen und er war nicht auf den Kopf gefallen.

Herb lächelte.

»Würdest du das tun, Kim. Das ist sehr nett von dir.«

Sie nickte, schenkte ihm ein strahlendes Lächeln und trat in die Diele, wo sie ihre Riemchensandalen abstreifte. Ohne die Absätze war sie allerhöchstens noch so groß wie eine

Zwölfjährige. Na ja, man konnte Donnie schon verstehen irgendwie. Herb schloss die Tür und sie tapste in die Küche.

Herb legte die Kette an der Wohnungstür vor, dann folgte er ihr in die Küche. Dort stand sie unschlüssig mit der Auflaufform in der Gegend herum.

»Wohin?«, strahlte sie ihn an.

Schweigend trat Herb auf sie zu.

»Oh, stell sie einfach da hin, Kim. Magst du einen Kaffee? Auf gute Nachbarschaft und so?«

»Gute Nachba-schaft«, sagte sie.

»Genau.« Herb schenkte ihr Kaffee aus der Maschine ein, dann sich selbst. Sie lächelte und bedankte sich mit einer kleinen Verbeugung.

»Wie läuft's mit Donnie, Kim?«

»Oh sehr gut. Donnie ist guter Mann.«

»Das ist er, Kim, das ist er.« Verstand jedes Wort, das Mädchen, jedes einzelne Wort.

»Ich frag mich, was wohl passieren würde, wenn er rausbekäme, dass seine Freundin hinter seinem Rücken was am Laufen hat?«

»Hä?«, machte sie und stellte den Kaffee ab. Sie lächelte immer noch, aber jetzt wirkte es etwas unsicher, fand Herb.

Ganz entschieden unsicher sogar.

Er dagegen blieb ganz locker, erhob nicht mal die Stimme. Lächelte nun seinerseits wie der Buddha selbst. Wenn das mal kein passender Vergleich war.

»Ich frag mich, was Donnie wohl denken würde, wenn er erfährt, dass seine Freundin, sagen wir mal, überhaupt nicht in dem Flieger saß, als er sie vom Flughafen abholte. Sondern hinter seinem Rücken herumfickt, auf einer Parkbank im Southern Woods Freizeitpark zum Beispiel.«

»Was? Wie meinen Sie, Mister Herbert?«

»Oh, sind wir auf einmal beim Sie, Kim? Und wo ist denn dein hübscher Akzent so plötzlich hin verschwunden?«

»Aber ... Mister Bouthillier, Herb! Ich versteh' nich'!«

Sie ging einen Schritt auf die Durchreiche zu, aber Herb trat ihr in den Weg.

»Nun, ich glaube, du verstehst mich sehr gut, Kimmy-Baby.«

Dann ging alles unglaublich schnell.

Sie versuchte einen kleinen Sprung, zwischen Herb und der Durchreiche hindurch, aber Herb war zu schnell und zu massig. Sie prallte von ihm ab wie ein Gummiball von einer Hauswand. Herbs Arm schoss vor und sie taumelte einen Schritt zurück, stolperte über ihre eigenen Füße. Griff ins Leere, um ihr Gleichgewicht wiederzufinden. Dabei erwischte sie die Auflaufform auf der Durchreiche und das Ding fiel mit ihr zu Boden. Knallte schwer auf den Küchenboden, wo es in zwei große Stücke und unzählige kleinere Scherben zersprang.

Die Tafel Schokolade schlidderte über den Küchenfußboden.

»Entschuldigung!«, quietschte sie und irgendwie war das lustig, denn für Entschuldigungen war es jetzt ja wohl ein bisschen zu spät und Marjories dämliche Auflaufform war wirklich das Letzte, das Herb im Moment interessierte. Er keuchte. Oder lachte. Keine Ahnung. Dann packte er sie am Arm und zog sie wieder auf die Füße.

Ganz mühelos, sie war ja so leicht.

»Ich hab dich gesehen, du Flittchen!«, stieß er hervor. »Hab dich gesehen im Southern Woods Park mit deinem Loverboy. Wette, ihr habt schon einen Plan ausgeheckt, wie ihr an Donnies Geld ...«

»Nein!«, rief sie und riss sich los. Hätte es beinahe auch geschafft. Herb riss ihren Arm zurück und sie taumelte nochmal rückwärts. Diesmal auf die Kellertür zu.

»Scheiße!«, rief Herb, aber da war es schon passiert. Die Wucht, mit der ihr Körper gegen die Tür knallte, sprengte diese förmlich auf. Sie schwang nach innen und noch im Fallen drehte sich die gelenkige Chinesin. Im Schwung ihrer Bewegung sauste sie nach unten. Freier Fall für drei Stufen, dann schlug ihr Knöchel auf der vierten Stufe auf. Etwas knackte, wie wenn man einen dürren Ast zerbrach. Sie quietschte, fiel weiter. Kopfüber jetzt, und dann passierte alles wie in Zeitlupe.

Herb stand mit aufgerissenem Auge da, und sah zu, wie ihr Körper in den Schatten am Fuß der Treppe verschwand. Noch einmal hörte er, wie sie auf einer der unteren Stufen aufschlug, dann ein Plumpsen, als sie auf den Teppich unten knallte.

Dann Stille.

Herb stand da und zitterte. Er spürte, dass seine Kiefermuskeln weh taten, weil er die ganze Zeit den Mund aufgerissen hatte wie ein verdammter Karpfen mit Maulsperre. Dunkel wurde ihm bewusst, wie dämlich das aussehen musste und er klappte ihn zu. In seinem Magen löste sich ein Krampf und eine wohltuende Hitze breitete sich aus. Er schaute in die Finsternis am Ende der Stufen und auch wieder nicht. Irgendwie starrte er auch in die Finsternis jenseits dieser Finsternis.

Unten blieb es still.

Schließlich knipste er das Licht an und ging nach unten.

Dorthin, wo die Finsternis gewesen war.

Herb strengt sich an

Zehn Minuten später stapfte Herb schwer atmend die Kellertreppe herauf. Heute würde er nicht joggen gehen müssen. Er fühlte sich, als sei er gerade drei Runden im Southern Woods gelaufen, und zwar in Höchstgeschwindigkeit. Er schwitzte so sehr, dass ihm der Schweiß die Arme in breiten Rinnsalen herablief, er spürte, wie ihm das Zeug den Rücken herunterrann, das Hemd an seine Haut klebte und in der Ritze zwischen seinen Hinterbacken versickerte. Aber er war noch nicht fertig. Noch nicht ganz. Marjorie würde bald zurück sein.

Herb ging in die Küche und sammelte die Glasscherben zusammen. Er legte die beiden großen zusammen, und sammelte dann die kleineren auf. Dann holte er ihre Schuhe aus dem Flur, diese nuttigen Riemchensandalen. Zum Schluss stopfte er den ganzen Kram in einen Plastiksack, ging in die Garage und schob den Sack in die Ecke, wo der Rasenmäher stand. Marjorie-sicher und vor Beth sowieso. Dann ging er zurück in die Küche und wusch die beiden Kaffeetassen aus. Eine trocknete er ab und stellte sie zurück in den Schrank. Dann fiel ihm die Schokolade ein und er machte sich auf die Suche danach. Fluchend ließ er sich auf die Knie nieder. Seine Beinschiene machte Scherereien und er schien irgendwas ins rechte Auge bekommen zu haben, denn es tränte wie verrückt. Sein Schweiß begann zu trocknen. Der Geruch war widerlich.

Schließlich fand er die Schokolade unter dem kleinen Schränkchen neben der Anrichte. Irgend so eine Nuss-Nougat-Mischung. Ohne so recht zu wissen, wieso er das tat, wickelte er die Schokolade aus der Silberfolie und biss ein Stück ab. Er ging ins Bad, klappte den Klositz hoch, setzte sich auf die Klobrille und starrte ins Leere, während er aß. Er aß die ganze Schokoladentafel auf, dann zerknüllte er die Verpackung und formte einen kleinen Ball draus. Er warf ihn zwischen seinen Beinen hindurch ins Klo.

Die Übelkeit schoss so plötzlich in ihm hoch, als versuche sein Körper, eine Rakete ins All zu schießen und benutze seinen Hals als Abschussrampe. Herb schaffte es gerade noch, sich herumzuwerfen. Er knallte voll aufs Knie und brüllte auf. Das heißt, er brüllte nicht richtig, denn der Laut wurde augenblicklich von heftigen Würgegeräuschen verdrängt. Herb rutschte vor dem Klositz zusammen, umklammerte ihn mit beiden Händen und erbrach sich für die nächsten Minuten geräuschvoll in die Kloschüssel. Als er der Meinung war, dass nun nichts mehr kommen würde, warf er einen skeptischen Blick über den Rand der Schüssel. Das Zeug da drin war größtenteils von dunkelbrauner Farbe, durchsetzt mit helleren, ins grünliche gehenden Schlieren. Das Ganze schwamm in einer ölig schimmernden Flüssigkeit. Herb würgte nochmals, als er das sah, aber jetzt war wirklich nichts mehr da, das noch kommen konnte. Er hievte sich hoch, rieb sich das schmerzende Knie und betätigte die Spülung.

Dann stopfte er die verschwitzten Klamotten in den Korb mit der Schmutzwäsche und ging unter die Dusche.

Marjorie erhält Aufmerksamkeit

»Hast du geduscht, Schatz?«

»Nee, bin in den Regen gekommen.«

»Aber Herb, es hat doch gar nicht geregnet heute.«

»Sag bloß.«

»Oh, Herb, du hast mich veräppelt. Du warst gar nicht draußen. Du hast doch geduscht.«

»Bist ein richtiger Blitzmerker, Marjorie. Hast du mir die Burger mitgebracht? Ich hab einen Mordshunger, könnt ein ganzes Pferd verdrücken.«

»Ja, Herb.« Inzwischen war sie ins Bad gegangen, »Ich mach sie dir gleich warm, ja?« Sie machte den Wäschekorb auf, zog die Klamotten heraus, die er gerade erst hineingestopft hatte und hielt sie ihm hin. In ihrem Blick lag ein aufgesetzter Vorwurf. »Ach Herb, was hab ich dir denn gesagt? Die müssen erst trocknen, bevor du sie in die Wäsche tust.«

»Hab ich vergessen.«

»Schon gut, Herb. Dafür hast du ja mich«, sagte sie und schenkte ihm ihr berühmtes Schafslächeln. Das Herb normalerweise sofort in Rage brachte. Jetzt aber sah er irgendwie das Mädchen durchschimmern, dass Marjorie mal gewesen war. Merkwürdig. Das Mädchen, das Schönheitswettbewerbe gewonnen hatte und es mit dem Quarterback der Schule auf dem Rücksitz eines aufgemotzten 65-er Mustang getrieben hatte. Mit ihm. Er zog sie zu sich ran.

»Sieh zu, dass der Fernseher läuft, Marjorie. Dann stellst du die Burger auf den Grill und kommst nach oben, hörst du? Und sieh zu, dass du den Ton recht laut stellst.«

Marjorie wurde knallrot. »Herb, die Burger werden verbrennen, wenn ich sie nicht ...«

»Werden sie nicht. Dauert nicht lange, glaub mir.«

Sie warf einen Blick in die Küche. »Herb«, flüsterte sie kichernd, »was ist nur in dich gefahren in letzter Zeit, du bekommst ja gar nicht genug. Benimmst dich wie ein Sechzehnjähriger.«

»Und? Hast du was dagegen? Ich kann meine Sorgen auch auf andere Weise loswerden. Muss bloß fix in den ... nach unten gehen und den Gürtel holen, verstehst du?«

»Ja, Herb.«

»Gut.«

»Herb?«

»Was denn noch?«

»Wenn du magst, kannst du den Gürtel ja vielleicht trotzdem mit nach oben nehmen.«

Er glotzte sie verständnislos an, schüttelte den Kopf, glotzte wieder. Da stand sie, knallrot und mit gesenktem Kopf. Und wollte den Gürtel. Wollte, dass er den Gürtel mit nach oben nahm. Wollte es.

»Geh hoch«, sagte er tonlos.

»Aber die Burger ...«

»Scheiß was auf die Burger. Scher dich hoch, du Flittchen.«

Herb geht in den Keller

Herb verdrückte ganze drei Burger.

Er fühlte sich prächtig. Wie vollgepumpt mit Energie. Wach. Ja, das war es, er war wach. Als wäre er aus einem einzigen langen Schlaf erwacht, in dem er sein bisheriges Leben verbracht hatte. Jetzt sah er die Dinge klarer.

Gott, er hätte einen vierten Burger verdrückt, wenn Marjorie nicht das Fleisch ausgegangen wäre.

Er rülpste lautstark und freute sich über diesen ausgezeichneten Beitrag. Ein echter Mordsspaß. Herb fuhr fort, Marjories Oberschenkel unter dem Tischtuch zu kneten. Während des gesamten Abendessens war sie auf ihrem Stuhl herumgerutscht, als müsse sie pissen. Musste sie aber nicht. Sie beide wussten, warum sie nicht so richtig sitzen konnte. War so etwas wie ein Geheimnis zwischen ihnen beiden. Herb musste grinsen.

Hatte er ihr die ganze Zeit also eine Freude gemacht mit dem Gürtel. Wer hätte das gedacht? Sie lächelte selig vor sich hin und irgendwie fühlte er sich ihr beinahe verbunden. Beinahe wie ... wie er es noch nie vorher gewesen war, wenn man es genau bedachte.

»Das war ein prima Essen, Marjorie«, sagte er und stand auf. Marjorie glotzte ihn mit großen Augen an, so überrascht, als hätte er ihr gerade eine geknallt. Vielleicht überraschter.

»Da ... danke, Herb«, stammelte Marjorie.

»Nur die Wahrheit, Marjie, nur die Wahrheit.« Marjie, wie lange war es her, dass er sie so genannt hatte? Er schlenderte unter dem ungläubigen Starren seiner Frau zum Kühlschrank und nahm sich noch ein Bier. Nach kurzem Überlegen nahm er ein zweites. Dann öffnete er das Eisfach und nahm sich eine große Packung Eiswürfel.

»Ich geh in den Keller«, sagte er.

Er schloss die Küchentür und zog den Schlüssel aus seiner Tasche. Dann steckte er ihn in Schloss und drehte ihn herum. In dem Moment, da der Riegel zurückschnappte, drückte er die Klinke nach unten, um das eine Geräusch mit dem anderen zu überlagern. Er knipste das Licht an, schloss die Tür von innen wieder zu, verschloss sie und ließ den Schlüssel im Schloss stecken. Dann ging er die Holztreppe nach unten und durchquerte den Hobbyraum. Er zog den schweren Vorhang aus Wollstoff zur Seite und blickte in den Verschlag. Das Licht der nackten Glühbirne über der Treppe drang nicht ganz bis hier hin vor. Herb holte eine Gartenlampe aus dem Schrank. Die Imitation einer Petroleumfunzel, aber natürlich war kein Petroleum drin, sondern eine ganz normale elektrische Glühlampe, die von einer Batterie betrieben wurde. Sie sah aber trotzdem irgendwie nostalgisch aus. Herb gefiel sie jedenfalls. Er stellte sie auf den Tisch und knipste sie an.

Das gefesselte Mädchen auf dem Stuhl war wach und starrte ihn aus weit aufgerissenen, schwarzen Augen an, in denen frische Tränen schimmerten. Sie musste eine Weile geheult haben, ihre Schminke war verlaufen. Schwarze, eingetrocknete Rinnsale an ihren Wangen. Am Kopf hatte sie eine ziemlich üble Platzwunde, wo sie auf die Treppe geknallt war. Getrocknetes Blut verklebte ihre Haare auf der rechten Seite ihres Kopfes. Auch aus ihrer Nase war Blut gelaufen, über das breite Klebeband, das auf ihrem Mund klebte, über ihr Kinn und ihren Hals entlang. Aber es war alles trocken, hatte längst aufgehört zu bluten. Ihre rechte Schulter ragte unnatürlich hervor, als versuche sie angestrengt, einen Buckel zu machen.

Herb stellte das Bier und die Eiswürfel auf den Tisch, zog sich einen Stuhl heran und setzte sich ihr gegenüber. Dann macht er sich ein Bier auf und sah sie an. Sie erwiderte seinen Blick. Heulte wieder. Zitterte. Zwinkerte die Tränen fort, aber es kamen ständig neue. Herb deutete auf das Bier auf dem Tisch und fragte:

»Willst du eins davon?«

Sie versuchte zu nicken, aber dann zuckte sie mit einem schmerzerfüllten Wimmern zusammen und ließ es wieder bleiben.

»Dann wirst du dich benehmen?«

Sie nickte wieder, diesmal nur knapp. Zuckte schmerzerfüllt zusammen. Mehr Tränen.

»Gut.«

Herb stand auf, ging rüber zum Tisch und schaltete den Computer an. Dann holte er einen der Plastikbeutel aus dem Schrank mit den Videos. Die Plastiksäcke dienten ihm dazu, den ›Sondermüll‹ zu entsorgen, der manchmal im Keller anfiel. Jede Menge Papiertaschentücher und leere

Bierdosen, schließlich war Herb ein gesunder Mann im besten Alter.

Er entleerte den Inhalt der Eiswürfelformen in den Plastiksack und knotete ihn zu. Inzwischen war der PC hochgefahren. Herb klickte sich durch die Fenster, bis er das Programm gefunden hatte, das die Musik abspielte. Normalerweise hörte er kaum Musik, aber er besaß dennoch eine ansehnliche Sammlung von Liedern, die er illegal aus dem Netz gezogen hatte. Hauptsächlich die Hits aus den Fünfzigern, die irgendwelche Klangenthusiasten von den Singleschallplatten dieser Zeit in digitale Kopien umgewandelt hatten, angeblich in überragender Soundqualität. Herb war das mit dem Sound ziemlich egal, aber manchmal war ihm eben danach, ein bisschen zu swingen und zu boppen. Herb hatte sich ein Paar stattlicher Lautsprecher geholt, solche mit einer aktiven Verstärkereinheit. Die Dinger waren höllisch laut, aber Herb benutzte sie so gut wie nie. Nicht, seit er Kopfhörer entdeckt hatte. Ging nichts über Kopfhörer, wenn man bei einem Film das Gefühl haben wollte, live dabei zu sein. Heute aber die Boxen, für den besonderen Anlass. Er drehte die Dinger auf mittlere Lautstärke und klickte auf den Musikplayer. Wummernd dröhnte der Schlagzeugwirbel von Huey Smiths ›Don't you just know it?‹ durch den Raum und Herb riss den Lautstärkeregler herunter. Kein Grund, sich das Trommelfell wegsprengen zu lassen vom alten Huey.

Als er die Lautstärke auf ein erträgliches Maß gesenkt hatte, wippte er ein bisschen mit und tänzelte im Takt der Musik zurück zum Stuhl, auf dem sein Gast saß. Der Player würde eine Endlosschleife von Musik abspielen, wochenlang, wenn es sein musste. Als die Stelle mit dem ›Ha, ha, ha, ha‹ kam, sang Herb mit, aus voller Brust.

Ha ha ha ha. Don't you just know it.

Dann machte Herb sich ein Bier auf. Trank einen Schluck und stellte die Dose dann auf den Tisch.

»Ich werd dir jetzt einen Arm losbinden und das mit deiner Schulter in Ordnung bringen«, sagte er und tippte auf ihren Arm. Sie stöhnte auf, ein gedämpftes Murmeln hinter dem Klebeband. »Und du versuchst keine Tricks, verstehen wir uns?«

Sie nickte und zuckte wieder zusammen. Frische Tränen brachen sich einen Weg durch ihre langen Wimpern und zogen neue Spuren durch das verlaufene Make-up auf ihren Wangen. Er ging zum Schrank und holte eine Kneifzange, die Rolle mit dem breiten, silberfarbenen Klebeband und neue Kabelbinder. Dann hockte er sich hinter sie und knipste den Kabelbinder durch, der ihr rechtes Handgelenk mit dem Stuhlbein verband. Als ihr Arm freikam, stöhnte sie auf.

»Darfst dich nicht bewegen«, sagte Herb, »Tut sonst bloß noch mehr weh. Aber keine Angst, das haben wir gleich.«

Er trat hinter sie, griff ihr Handgelenk und führte es vorn an ihrem Körper vorbei nach oben. Der Ärmel ihres T-Shirts rutschte nach oben und offenbarte einen großen, violetten Fleck, der sich von ihrer Schulter bis zum Oberarm hinzog wie ein Tattoo. Ein Tattoo, wie es ihr nur ein völlig Verrückter gemacht haben konnte, der dazu noch blind gewesen war. Herb grinste. Er schwitzte auch ein bisschen. Dann bog er ihren Arm zur Seite, dann nach hinten. Er zog dran. Sie stieß einen Schrei aus, so laut es das Klebeband zuließ, und trampelte mit den nackten Füßen auf dem Teppich.

Herb ließ den Arm los, und sie wimmerte. Der Musikplayer wechselte zum Jailhouse Rock. Herb hatte den sogenannten King noch nie leiden können. Der hatte ein Gesicht wie ein verkappter Schwuler, fand Herb.

»So kommen wir nicht weiter, Süße«, sagte er. »Was hab ich dir gesagt über Tricks?«

Sie murmelte irgendwas.

»Dazu gehört auch, dass du dich still verhältst und hier keinen Stepptanz aufführst. Verstehst du, Süße? Kein Stepptanz.«

Sie schüttelte energisch den Kopf und Herb beobachtete, wie ein paar der schwarz gefärbten Tränen durch die Gegend flogen. Wie bei Rocky, als er zu Boden gegangen war. In Zeitlupe, und nach seinem Mädchen gerufen hatte. Adriaaaaaan. Herb stieß ein verächtliches Lachen aus. Scheißfilm.

»Nochmal«, sagte er. »Verstehen wir uns jetzt?«

Sie blieb still. Herb interpretierte ihr Schweigen als Zustimmung. Wieder musste er grinsen. Angeklagter, trifft es zu, dass Sie diese Frauen alle vergewaltigt haben? Aber nein, euer Ehren, ich wertete lediglich ihr Schweigen als Zustimmung. Und dann war's ein solcher Mordsspaß, ich konnte einfach nicht aufhören. Woher sollte ich denn wissen, dass alle Nonnen in dem Kloster ein Schweigegelübde abgelegt hatten? Ha ha ha ha. Don't you just know it.

Er bog ihren Arm nach hinten und diesmal beherrschte sie sich. Anfangs brüllte sie in ihr Klebeband, aber das war okay, denn es war leise genug. Herb hatte ihr einen Lappen in den Mund gestopft, bevor er das Klebeband draufgeklebt hatte. Da konnte sie schreien, so viel sie wollte. Den King würde sie bestimmt nicht übertönen. Niemand übertönte den King. Herb zog nochmal an dem Arm, aber er schnappte immer noch nicht ein. Aber sie hörte auf zu brüllen oder sich dagegen zu stemmen. Sie ließ ganz locker und dann ging es. Herb zog und drehte an dem Arm, den er am Gelenk und am Oberarm kurz unter der Schulter gepackt hielt. Ihre Haut war von einem öligen Schweißfilm bedeckt und rutschig wie die Hölle. Herb zog noch einmal, dann gab ihr Arm plötzlich nach, nur ein kleines Stück. Herb ließ los und der Knochen schnappte mit einem hörbaren Knall zurück in die Gelenkpfanne. Ihr Kopf sackte nach vorn, und als Herb um sie herumging, bemerkte er, dass sie ohnmächtig geworden war. Mist.

Er legte den Beutel mit dem Eis auf den Boden und schlug ein paar Mal mit der Kneifzange drauf, um die Eiswürfel zu zerkleinern. Dann packte er das Ding auf ihre Schulter und wickelte etwas Klebeband drum. Anschließend befestigte er ihr Handgelenk wieder mit dem Kabelbinder am Stuhl.

Er betrachtete sein Werk und trank einen Schluck Bier. Dann verpasste er ihr ein paar leichte Ohrfeigen. Nach der vierten oder so schlug sie die Augen auf und schenkte ihm einen Blick wie ein Boxer aus der Amateurliga, der gerade eine Begegnung mit einem angepissten Mike Tyson hinter sich hatte. Einen Blick, der aus großer Ferne zu kommen schien. Herb schlug nochmal zu, etwas kräftiger diesmal und ihre Pupillen rollten zurück in die Mitte der Augen, sackten weg, kamen wieder.

Noch eine Ohrfeige, dann war sie wieder da. Na also.

»Hast du Durst, meine Schöne?«, fragte Herb und hielt ihr die Dose mit dem Bier vors Gesicht. Sie starrte ihn an und die Brühe schoss ihr wieder in die Augen.

»Du haben Dulst?«, versuchte Herb, »Tlinki, Tlinki?«

Sie nickte schwach.

»Okay. Dann wird es jetzt spannend. Die Frage ist die: Wirst du schlau sein und dich beherrschen? Oder wirst du es auf die blöde Tour versuchen und herumbrüllen, wenn ich dir dieses Klebeband da abnehme? Wirst du versuchen, den verdammten King zu übertönen?«

Sie schüttelte den Kopf.

»Na gut, versuchen wir's«, sagte Herb. Aber inzwischen war es gar nicht mehr der King. Jerry Lee Lewis hatte ihn abgelöst und sang von großen Bällen aus Feuer. Meinte wahrscheinlich seine eigenen damit. Herb hatte mal gehört, dass der Kerl seine eigene Cousine geheiratet hatte, die damals zwölf Jahre alt gewesen war. Was war bloß los mit diesen Musikern? Perverse und Drogenabhängige, allesamt.

Er riss das Klebeband von ihrem Mund. Sie stieß Luft durch ihre Nase. Eine große Blase aus blutigem Rotz bildete sich vor ihrem rechten Nasenloch. Herb sah fasziniert zu, wie sie immer größer wurde und schließlich zerplatzte.

Da ist ihr Schrei drin gewesen, dachte Herb. In dieser Blase. Wenn sie an die Wasseroberfläche steigt und zerplatzt, kommt ein kleines Ferkelquieken raus.

Sie öffnete den Mund und Herb schnappte sich einen Zipfel des Tuchs zwischen ihren Zähnen und zog es raus. Die Kneifzange hielt er schlagbereit erhoben in der anderen Hand. Nur für den Fall, dass sie auf die Idee kam, ihn zu beißen. In diesem Fall würde er ihr die kleinen Beißerchen einfach ausschlagen, Problem gelöst, ein für alle Mal.

Sie probierte es nicht.

Als das Tuch ganz raus war, schnappte sie nach Luft und tat einen tiefen Zug. Dann begann sie, leise zu schluchzen. Weit davon entfernt, irgendwen zu übertönen. Herb setzte die Dose an ihre Lippen und kippte sie an. Sie schluckte, so schnell es ging. In ein paar Sekunden hatte sie die Dose leer.

»Hattest Durst, was?«, grinste Herb sie an. Sie unterdrückte einen kleinen Rülpser und schlug die Augen nieder und schluchzte ein bisschen lauter.

»Prost!«, sagte Herb, dann packte er in ihr Haar und riss ihren Kopf in den Nacken. Stopfte den Lappen zurück in ihren Mund. Sie machte ein paar Würgegeräusche, aber das war auch schon alles. Dann kam das Klebeband. Herb riss zwei neue Streifen von der Rolle und klebte sie auf ihren Mund. Nach kurzem Überlegen riss er ein weiteres Stück an, hob die Haare in ihrem Nacken an und schlang es ein paar Mal um ihren Kopf.

»Morgen unterhalten wir uns weiter, meine Süße«, sagte Herb.

Screaming Jay Hawkins hatte gerade das Wort ergriffen und behauptete: »I've got a spell on you.« Da war mal ein Kerl, der wusste, wie die Dinge lagen, dachte Herb, während er Screaming Jay den Saft abdrehte. Er wartet, bis der Rechner heruntergefahren war. Hab dich verzaubert mit meinem Spruch, meine Süße. Hab dich in mein Zauberreich gelockt. Und da kommst du erst raus, wenn du mir die Wahrheit sagst, die ganze Wahrheit und nichts sonst.

Er knipste die unechte Petroleumfunzel aus und ging nach oben.

Herb dreht heute keinen Film

»Herb!«, quiekte Marjorie, als er sie von hinten an den Hüften packte. »Ich hab dich gar nicht kommen hören«, sagte sie und nahm den Lappen aus der Spüle, um den Kaffee wegzuwischen, den sie auf der Anrichte verschüttet hatte.

»Hab dich erschreckt, was?« Ein Mordsspaß.

»Was machst du so früh denn schon auf, Schatz?«

»Weiß nicht. Hab nicht mehr schlafen können.«

Sie lehnte sich an ihn und küsste seine Schulter. Zupfte einen Fussel vom Ärmel seines Schlafanzugs. Dabei war sie beinahe hübsch.

»Dass du überhaupt mal wieder aufwachst, nach gestern Abend«, schnurrte sie. »Hast es mir besorgt wie schon eine ganze Weile nicht mehr. Und dann gleich zwei Mal hintereinander! Ich glaub, meine Beine zittern mir immer noch, und mein Hintern ist bestimmt ganz grün und blau. Kannst stolz auf dich sein, Herb Bouthillier.«

»Hm.«

Herb kratzte sich durch seine Schlafanzughose im Schritt.

»Ich hab Kaffee gemacht, Herb. Ist in der Kanne. Ich wollte gerade anfangen, dir Frühstück zu machen. Magst du ein paar Eier?«

»Hm.«

»Zwei?«

»Mach vier draus und sei bloß nicht geizig mit dem Speck.«

»Du hast einen Hunger wie ein Bär.«

»Hm. Isst du nicht mit?«

»Nein, heute ist doch Donnerstag, Schatz.«

»Und?«

»Ich hab Tante Amelia versprochen, eine Runde mit Mister Bungle zu gehen, während sie bei dieser Tagung ist. Das wird eine Weile dauern. Du weißt ja, Mister Bungle ist nicht mehr der Jüngste.«

»Okay. Tante Amelia und ihr dummer Köter. Von mir aus. Wann wirst du zurück sein?«

»Vermutlich erst am späten Nachmittag. Aber ich kann mich auch beeilen, wenn ...«

»Musst du nicht.«

Kein Grund es gleich zu übertreiben.

»Nein?«

»Nein, Marjorie. Lass dir Zeit. Ich will mir das Spiel der Knicks nochmal anschauen, habs aufgenommen. Und dabei kann ich dich nicht brauchen.«

»Nein, Herb. Natürlich nicht.«

»Hm.«

Er sah ihr eine Weile zu, wie sie die Eier in die Pfanne schlug und den Schinken anbriet. Sein Blick wanderte über ihre runde Schulter und den fleischigen Arm. Wie das Fett daran herumbaumelte, während sie in der Pfanne herumrührte. Er trat einen Schritt näher und langte um sie herum, während er in ihren Ausschnitt starrte. Wogende Fleischmassen auch hier. Schlaffes Fleisch unter fahler, faltiger Haut. Und wenn schon. Er umfasste ihre Brüste mit beiden Händen und drückte kräftig zu.

»Unh!«, stöhnte sie auf, »schon wieder? Du bist ja verrückt.«

Sie legte den Kopf in den Nacken und schmiegte sich an ihn. Ihr ausladendes Gesäß streifte seinen Penis, der sich unter der Pyjamahose aufzurichten begann. Das musste ihr ganz sicher wehtun, so wie er gestern mit ihrem Hintern umgesprungen war. Sicher hatte sie den halben Morgen damit verbracht, irgendeine Wundsalbe draufzuschmieren, damit sich Tante Amelie nicht fragte, warum sie die ganze Zeit wie angewurzelt in der Gegend herumstand, anstatt sich zu setzen.

»Los!«, grunzte Herb, »Auf die Knie und dann nimm ihn in den Mund, schnell!«

Sie machte es, und es ging schnell.

»Du Hure. Kleine, dreckige Hure«, sagte Herb, als es ihm kam, und er dabei an Schlitzaugen und goldgelbe Haut und verlaufenes Mascara dachte..

Später, als Marjorie gegangen war, schob Herb den Teller mit den Resten des Frühstücks beiseite und stand vom Frühstückstisch auf. Er trug immer noch den Pyjama, und vorn in seiner Hose begann das Zeug anzutrocknen, das nachgetröpfelt war, nachdem er mit Marjorie fertig gewesen war. Sie war aufs Klo gerannt und hatte das Zeug ins Klo gespuckt, wie sie es schon damals getan hatte, als sie noch Wettbewerbe gewonnen hatte. Marjorie war keine, die schluckte. Aber sie hatte recht, sie benahmen sich wirklich wie brünstige Teenager. War Ewigkeiten her, dass sie es ihm mit ihren Lippen gemacht hatte, und ewig her, dass ihn das im Mindesten interessiert hatte. Dabei waren ihre Lippen fast das Beste an ihr. Die und ihre monströsen, schwabbeligen Titten.

Herb ging nach oben, um sich anzuziehen, aber dann dachte er was solls und ließ den Pyjama doch an. Machte ja keinen Unterschied.

Er wühlte im Kleiderschrank, bis er die Kamera gefunden hatte und das Stativ. Hatte er eine Weile nicht mehr benutzt, das Ding. Zum letzten Mal, um Beths Schulabschluss für die Ewigkeit festzuhalten. Schöner Schulabschluss, und jetzt jobbte sie bei Mac Donalds, wenn sie denn überhaupt mal arbeiten ging und lag ihnen ansonsten weiterhin auf der Tasche, während sie so tat, als würde sie irgendeinen Kunstscheiß studieren.

Er klappte den kleinen Bildschirm an der Kamera zur Seite. Der blieb schwarz. Das verdammte Ding war platt, so ein Mist. Herb wühlte weiter im Schrank, bis er das Ladekabel fand. Er steckte es an die Kamera und sie erwachte zum Leben. Na bitte. Er spulte ein bisschen zurück und drückte auf Play. Beth, oder ihre jüngere und etwas weniger fette Version winkte grinsend in die Kamera. Es war noch die Kassette von dem bescheuerten Schulabschluss, niemand hatte sich diesen Scheiß seitdem angeschaut. In der Kiste, in der das Ladekabel gelegen hatte, fand er noch zwei Kassetten. Er steckte sie in die Brusttasche seines Pyjamas. Dann schleppte er den ganzen Krempel nach unten. Im Haus herrschte schon wieder eine drückende Hitze, obwohl es noch nicht mal zehn Uhr war.

Zeit für das Geständnis.

Herb lehnte das Stativ an die Wand neben der Kellertür, schloss die Tür auf und hievte den Kamerakram die Holztreppe herunter. Er musste noch mal nach oben, um das Frühstück und etwas Wasser für die Gefangene zu holen. Danach war er so fertig, dass er sich erstmal setzen und ein paar Minuten verschnaufen musste. Er rieb die schmerzende Stelle an seinem Bein, wo die Beinschiene in sein Schienbein einschnitt. Dann schaute er sie an. Ihre dunklen Augen musterten ihn, eins sah ein bisschen geschwollen aus. Keine Tränen heute, aber sie sah ziemlich fertig aus. War eine gute Idee gewesen, sie über Nacht ein wenig schmoren zu lassen, denn fraglos würde das Vögelchen nun singen. Hatte wohl auch nicht sonderlich viel Schlaf bekommen, wie das eben bei Verdächtigen war, wenn sie das schlechte Gewissen plagte. Herb musste grinsen. Ob sie gehört hatte, wie er und Marjorie es getrieben hatten in der Nacht?

»So«, sagte Herb. »Bestimmt hast du Hunger.«

Sie starrte ihn an.

»Also. Wirst du artig sein?«

Sie nickte.

»Gut. Ist eh niemand da. Kannst also schreien, soviel du willst, hören wird dich keiner. Aber du wirst trotzdem nicht schreien, oder? Wirst ein braves Mädchen sein, während wir uns unterhalten, und mir nicht auf die Nerven gehen. Stimmt's?«

Wieder nickte sie.

»Das ist gut. Ganz prima. Denn es läuft so: Wenn du ein braves Mädchen bist und mir deine Antworten gefallen, bist du hier in Nullkommanix wieder raus. Das willst du doch, oder?«

Sie nickte, diesmal mit Nachdruck und ließ ihn keinen Moment aus den Augen. Erstaunlich, wie weit sie die aufbekam, obwohl's natürlich Schlitzaugen waren. Aber hübsch, und so dunkel. Trotz dem ganzen Blut und Mascara. Oder vielleicht gerade deswegen.

Er packte ihr langes Haar im Nacken zusammen und hob es hoch. Dann wickelte er das Klebeband ab. Sie machte ein paar Geräusche, als er zu dem Teil kam, den er auf ihre bloße Haut geklebt hatte. Jede Menge kleiner Härchen da in ihrem Nacken. Herb riss es in einem einzigen kräftigen Ruck ab. Dann zog er die beiden Streifen von ihrem Mund und sie keuchte. Das musste man so schnell wie möglich machen, wusste Herb, das mit dem Klebeband, denn dann tat es weniger weh. Diesmal schob sie ihm den schmutzigen Lappen gleich mit der Zunge entgegen. Es war etwas Blut dran und jede Menge Speichel.

»Kleines Ferkel«, sagte Herb grinsend und wischte sich die Hand an der Pyjamahose ab, nachdem er den Lappen sorgsam auf den Tisch neben die falsche Petroleumfunzel gelegt hatte.

»Klo«, krächzte sie. »Toilette! Bitte!«

»Du musst aufs Klo? Drückt's in der Blase? Scheiße, stimmt. Du warst ja nicht seit ... ach Herrje, warte!«

Herb sprang auf.

»Warte!«, rief er, »gleich!«

Er humpelte zum Stativ und baute das Ding hastig auf. Dann schloss er die Kamera an den Strom an, damit der Akku weiterladen konnte und befestigte sie auf dem Stativ. Er klappte den kleinen Bildschirm auf und drückte die Taste für das schnelle Zurückspulen. Dann sah er durch das Objektiv der Kamera.

»Bitte«, wimmerte sie. »Klo. Klo!«

»Ja doch, gleich. Oh Jesus, das Licht ist nicht genug. Ah, verdammt!«

Er fummelte am Einschalter der Petroleumlampe herum und endlich leuchtete sie auf. Herb stellte die Lampe auf den Boden, genau zwischen ihre zitternden Beine, die sie vergeblich zusammenzupressen versuchte. Dann hastete er zurück zum Stativ und sah durch das Bildschirmfenster. Ja, das war besser. So konnte man den Schritt ihrer hellen Stoffhose gut erkennen. Sie hatte ihre Beine leicht geöffnet und sie würde sie nicht schließen können, dafür sorgten die Kabelbinder um ihre Fußgelenke. Das würde lustig werden. Ein richtiger Mordsspaß.

»Na los«, sagte er, »jetzt lass es laufen! Mach schon!«

Sie starrte ihn fassungslos an.

»Musst du nun oder nicht?«

Sie schüttelte den Kopf, die Lippen fest aufeinandergepresst.

»Das wollen wir doch mal sehen«, sagte Herb. »Das wollen wir mal sehen!«

Er ging zu ihr hinüber und begann damit, sie zu kitzeln. Er bohrte seine Finger in ihre Seiten. Ihre Haut war weich und straff unter dem dünnen Stoff ihres T-Shirts. Ganz anders als Marjories Seiten, hier gab es kein Gramm Fett, nur diese straffe, jugendliche Haut. Er konnte ihre Rippen spüren, wenn er seinen Zeigefinger nur kräftig genug hineindrückte. Sie stieß leise Quietschgeräusche aus und zappelte, soweit ihre eingeschränkte Bewegungsfreiheit das zuließ. Dann schnaubte sie, ganz leise, und Herb verstärkte seine Anstrengung. Er würde seinen Mordsspaß schon haben. Sie begann zu kichern. Gleichzeitig schluchzte sie, und warf den Kopf herum, in einem letzten Versuch, das Unvermeidliche hinauszuzögern. Ihr Körper bäumte sich noch einmal auf und dann sah Herb, dass er gewonnen hatte. Der Schritt ihrer Hose begann, sich dunkel zu verfärben. Die Flüssigkeit drang durch den dünnen Stoff der Hose und plätscherte auf den Betonfußboden, wo sie eine Pfütze bildete, die rasch größer wurde.

»Ach verdammt«, sagte Herb. »Hätt' einen Eimer drunter stellen sollen.«

Aber er war nicht wirklich böse. Sie hatten einen Mordsspaß gehabt und nur das zählte letztlich. Und es war auf Video, er konnte es wieder und wieder anschauen später. Wie sie gezappelt und sich gewunden hatte und sich dann vollgemacht. Herrlich.

Sie hatte die Augenlider fest aufeinandergepresst. Dicke Tränen quollen darunter hervor und ihr Körper zitterte unter ihrem leisen Schluchzen.

»Mann«, sagte Herb, »du hörst ja gar nicht wieder auf. Wer hätte gedacht, dass so viel Pisse in so einer kleinen Fotze steckt, hm?«

Grinsend schlenderte er zurück zur Kamera und blickte durch das kleine Fenster. Sie war in sich zusammengesunken und betrachtete den kleinen See zwischen ihren Beinen. Vielleicht hatte sie auch die Augen geschlossen, unmöglich zu sagen von hier und auf dem kleinen Display.

Der rote Kreis war nicht da.

Herb starrte auf das Display der Kamera.

Hieb auf die Stoptaste. Dann auf Rückspulen. Aber nichts passierte. Wie auch? Kein roter Kreis bedeutete, dass er nichts aufgenommen hatte, gar nichts. Er hatte vergessen, den Knopf zu drücken. Er riss das Gerät aus der Stativhalterung und warf es mit voller Wucht gegen die Wand. Das Plastikgehäuse der Kamera zersprang in seine Einzelteile. Die Gefangene stieß ein erschrockenes Quieken aus. Wie in Zeitlupe sah Herb, wie eine der Linsen aus dem Gehäuse sprang und durch die Luft segelte wie eine winzige fliegende Untertasse aus Glas. Sie fiel auf den Betonboden und zersprang.

Wortlos stapfte Herb die Treppe nach oben. Ins Gäste-WC. Schloss die Tür. Schaute in den Spiegel. Das Gesicht, das ihm entgegenstarrte, war aschfahl und sah aus wie ein Klumpen halbfertigen Teigs, in den jemand zwei Oliven gesteckt hat.

Dann wurde Herbs Sicht wieder unscharf und rot.

Nachdem er das Gesicht im Spiegel für eine Weile aus vollem Hals angebrüllt hatte, taumelte Herb rückwärts in den kleinen Raum, bis er gegen die Waschmaschine prallte. Er klammerte sich daran fest und wartete darauf, dass der Druck in seinem Kopf nachlassen würde. Dann ließ er sich langsam auf den Klodeckel gleiten. Dort saß er gute zehn Minuten, bis ihm einfiel, dass die verdammte Kellertür sperrangelweit aufstand und die Gefangene nicht mal einen Knebel im Mund hatte. Dafür hatte sie jetzt eine vollgepisste Hose.

Und er hatte nichts davon auf seiner Kamera.

Er nahm den Eimer und einen Lappen aus dem Schränkchen unter dem Waschbecken. Nach kurzem Überlegen holte er noch eine von Marjories alten Hosen aus dem Wäscheschrank im Schlafzimmer. Sie passte da längst nicht mehr rein und der Gefangenen würde sie ein paar Nummern zu weit sein, aber es würde schon gehen.

Als er wieder unten war, wurde ihm klar, dass es doch nicht gehen würde. Um ihr die Hose zu wechseln, hätte er sie komplett losmachen müssen. Und er würde sie natürlich ausziehen müssen.

Splitterfasernackt, auch den Slip.

Keine Ahnung, ob er das packen würde.

Der rote Schleier war nicht weit weggegangen.

»Das ... es tut mir leid«, sagte er leise und begann dann damit, die Flüssigkeit unter ihrem Stuhl aufzuwischen. Hin und wieder wrang er den Lappen über dem Eimer aus. Es war eine ganze Menge.

»Tut mir leid, wirklich.«

Er tupfte mit dem Lappen ein bisschen auf ihren Oberschenkeln herum und ließ es dann bleiben.

»Ich lass dir die Hose hier«, sagte er und legte die Hose auf den Tisch.

»Essen«, sagte er und zeigte darauf. Sie nickte und er schob die Gabel unter das Ei.

»Ich kann nicht anziehen«, sagte sie vorsichtig. »Hose. Kann ich nicht anziehen alleine.« Er nickte und hob die Gabel zu ihrem Mund. Sie öffnete die Lippen und er schob die Gabel hinein. Wich ihrem Blick aus. Er fühlte sich matt. Ganz leer. Nicht mal ihr verlaufenes Mascara war mehr so richtig lustig. Er machte weiter, bis sie das Ei und die Schinkenstreifen verputzt hatte, dann gab er ihr ein paar Schlucke Wasser.

»Danke«, sagte sie.

Er nickte.

»Die Sache ist die«, begann er. »Donnie und du ... also, ich ... also ich glaube, dass ...«

Aber er hatte irgendwie vergessen, was er geglaubt hatte. Die Sache mit der Kamera hatte seine Gedanken ganz furchtbar durcheinandergewirbelt.

»Wir reden später weiter«, sagte er und stand auf.

»Hose«, sagte sie leise, »Alles nass.«

»Ja. Ich weiß. Tut mir leid.«

Er wickelte etwas Klebeband ab und hielt ihr die Haare hoch. Stopfte den Knebel in ihren geöffneten Mund. Diesmal saß sie ganz still. Ließ es geschehen.

»Tut mir leid«, wiederholte Herb, während er das Klebeband um ihren Kopf wickelte. »Ich muss ... muss mich etwas hinlegen, glaube ich.«

Dann knipste er das Licht aus und ging nach oben.

Herb macht ein Nickerchen

Herb war durch blutrote Wolken auf einen nachtschwarzen Horizont zugewatet, aber irgendwie war alles verkehrt. Die Wolken schienen Finger oder sowas zu haben und nach ihm zu greifen. Er war immer schneller gerannt, aber der Horizont war nicht näher gekommen. Plötzlich waren die Sterne vom Himmel gefallen und um ihn herum wie Wasserballons zerplatzt. Nur dass kein Wasser in ihnen gewesen war, sondern Blut, das überall hingespritzt war und ihn von Kopf bis Fuß nassgemacht hatte. Er hatte nach unten geschaut und die Wolken, durch die er rannte, hatten sich ebenfalls verwandelt. Jetzt waren es Gesichter und jedes einzelne kreischte und schrie und wimmerte, und er war mitten hinein getreten, denn es war unmöglich, den schreienden Gesichtern auszuweichen, die sich veränderten und ineinanderflossen wie geschmolzener Käse auf einem Cheeseburger. Und jedes einzelne der Gesichter schrie. Dann kapierte er, dass das Schreien in Wirklichkeit das Klingeln des Telefons war, und Herb erwachte vollends.

Er fühlte sich immer noch, als hätte er am Vortag an einem mittelschweren Saufgelage teilgenommen. In seinem Mund war ein bitterer Geschmack und hinter seiner Stirn brauten sich die untrüglichen Anzeichen heraufziehender Kopfschmerzen zusammen. Er sah auf die Uhr und war plötzlich hellwach. Seine Uhr zeigte Drei. Erschrocken ruckte sein Kopf herum. Die Leuchtziffern an der Mikrowelle zeigten das gleiche. Und das verdammte Telefon hörte einfach nicht auf, zu klingeln.

Herb ging ran.

»Hallo?«, krächzte er, musste husten. Ein kleiner, bitterer Schleimball blieb in seinem Mund zurück.

Es war Donnie.

Herb ging zur Spüle und spuckte den Schleimball hinein. Der war so grün, dass er möglicherweise im Dunkeln leuchten würde. Herb drehte den Wasserhahn auf und sah zu, wie das Ding in den Abfluss gesaugt wurde.

»Herb, geht's dir gut, Mann?«

»Klar. Bekomm nur vielleicht ›ne Erkältung oder sowas.«

»Na hoffentlich ist's nichts Schlimmes, Herb.«

»Mach dir mal keine Sorgen. Mich haut so schnell nichts um. Was gibt's denn Donnie? Legst du ordentlich Weiber flach auf deiner Konferenz?«

»Nein, Herb. Ich bin jetzt mit Kim zusammen, schon vergessen? Aber die Konferenz ist klasse. Hast du gewusst, dass du Geld in dein Leben ziehen kannst, wenn du dir einen möglichst großen Geldschein ins Portemonnaie steckst und den dann ständig bei dir trägst? Allein dadurch kannst du ...«

»Nee, Donnie. Hört sich für mich auch eher nach 'ner Methode an, den beschissenen Schein möglichst schnell wieder loszuwerden. Was willst du, Donnie?«

»Mein Haus, Herb?«

»Was ist damit?«

»Hast du nachgeschaut? Ich hatte dich drum gebeten, mal vorbeizugehen, nur für den Fall.«

Scheiße.

»Ja, klar. Ich war da.«

»Und?«

»Ein paar Kroaten sind eingebrochen. Waren grad dabei, eine wilde Orgie in deinem Schlafzimmer zu feiern, mit 'ner Ziege oder sowas. Und als ich sie gefragt hab, warum sie dir mitten auf den Teppich im Wohnzimmer geschiss ...«

»Herb!«

»Ja, Mann, ich war da. Natürlich war ich da. Alles beim Alten, alle Türen verschlossen und die Fenster heile. Zufrieden?«

»Bist du sicher, Herb?«

»Bin ich ... ob ich sicher bin? Was ist das für eine bescheuerte Frage? Natürlich bin ich sicher. Ich war dort. Alles in Ordnung. War schließlich mal mein Fachgebiet. Ist mein Fachgebiet.«

»Oh.«

»Scheinst dich ja richtig zu freuen.«

»Nein, ist schon in Ordnung. Danke, Herb. Äh, könntest du ... könntest du vielleicht noch mal rübergehen heute? Ich weiß, deine Beinschiene und so. Aber es wär echt spitze von dir. Ich weiß nicht, hab so ein komisches Gefühl. Ich lass auch eine Kiste Bier springen beim nächsten Pokerabend, okay?«

»Bist eh dran.«

»Oh, ja, klar. Na dann zwei Kisten.«

»Von mir aus.«

»Toll, Herb. Vielleicht kannst du jetzt gleich gehen und ich rufe dich so in zwei Stunden wieder an? Dann ist die nächste Pause.«

»Noch was, Massa Donnie, Sir?«

»Nein, Herb. Ich danke dir. Ich bin dir wirklich was schuldig ...«

Aber Herb hatte schon aufgelegt. Mit gerunzelter Stirn stand er in der Küche herum und starrte auf den Hörer in seiner Hand. Verdammter Schwachkopf. Wer würde schon in seine hässliche Bude einknacken? Kein Kroate, der noch bei klarem Verstand war, soviel stand mal fest.

Aber vielleicht würde ihm die frische Luft ja guttun.

Bestimmt würde sie das.

Also machte Herb sich auf den Weg. Zusätzlich zu der Sonnenbrille setzte er eine Baseballkappe auf, ein schmutzigweißes Ding mit der Aufschrift »Joe's Oil Company«. Es war ein bisschen kühler geworden und er entschied sich, auch den beigen Blazer überzuziehen. Was er vermutlich spätestens dann bereuen würde, wenn er völlig durchgeschwitzt vor Donnies Haus stand. Als er schon zur Haustür hinaus war, drehte er nochmal um und überprüfte die Kellertür. Sie war abgeschlossen. Natürlich war sie das. Herb war schließlich kein Idiot.

Kim sieht einen Ausweg

Es gab keine Zeit mehr. Es musste Tag sein, weil ein wenig Licht in den Raum fiel. Nicht genug, um irgendwelche Details erkennen zu können. Nur genug, um daran glauben zu können, dass es da draußen noch etwas anderes gab als Finsternis. Geben musste, nur durch eine dünne Fensterscheibe von ihr getrennt, die er mit einem Lappen oder sowas verhängt hatte. Kim drehte den Kopf, soweit es ging, erst nach links, dann zur rechten Seite. Sehr weit ging es nicht, und da war das Fenster mit dem öligen Lappen davor und dort der Vorhang, der den Verschlag vom Rest des Kellers trennte. Keine Chance, das Fenster zu erreichen. Oder gar nach draußen zu schauen.

Zwischen ihren Beinen war es noch feucht, aber nicht mehr nass. Sie nahm einen leichten Uringeruch wahr, aber viel weniger streng als sie es erwartet hatte. Vielleicht hatte sie sich inzwischen an den Geruch gewöhnt. Er hatte ihr die Hose nicht ausgezogen. Hatte es nicht gekonnt, weil ...

Weil er dann völlig die Kontrolle verloren hätte.

Würde es nochmal passieren? Und würde er sich dann noch beherrschen können? Wie oft, bis er völlig durchdrehte und ... ja, was eigentlich? Sie vergewaltigte? Vor laufender Kamera, wie es von Anfang an sein Plan gewesen war?

War das sein Plan gewesen?

Hatte er überhaupt einen Plan?

Sie drängte die Tränen zurück, weil sie davon noch schlechter sah, und das machte sie wütend. Nur ein bisschen, aber es half. Sie war zornig auf sich, und auf Donnie. Auf sich, weil sie noch mal hergekommen war, um Marjorie diese dumme Auflaufform zurückzugeben. Dabei hatte sie gespürt, dass etwas nicht gestimmt hatte. Schon an diesem ersten Abend. Etwas hatte geschwelt in diesem Mann, wie die Glut unter der Asche eines scheinbar erloschenen Feuers. Ein unbestimmter Hass auf sich, auf andere, auf alles. Hass, dessen einziges Ventil sein bitterer Spott und seine unerträglich dümmlichen Witze gewesen waren. Bis jetzt. Bis sie in sein Haus gekommen war. Allein.

Sie drehte den Kopf noch einmal in beide Richtungen, hob und senkte die rechte Schulter dabei ein bisschen. Ihr Arm war taub und fühlte sich an wie eingeschlafen. Unzählige, spitze Nadeln wanderten an der Innenseite auf und ab. Aber sie spürte ihn wieder. Von den unerträglichen Schmerzen, die sie in den ersten Stunden ihrer Gefangenschaft von einer Ohnmacht in die nächste hatten taumeln lassen, war nur noch ein dumpfes Echo geblieben.

Vermutlich sollte sie ihm dafür dankbar sein.

Sie spannte ihren rechten Oberschenkel an und spürte den Druck des Schlüssels in ihrer Tasche. Er hatte nicht einmal ihre Taschen durchsucht, und dafür sollte sie ganz bestimmt dankbar sein.

Ihre Füße waren nackt und kühl, aber ihr war nicht kalt. Er heizte den Keller. Sorgte für ein angenehmes Raumklima, in dem er sich gut entspannen konnte.

Bei was immer es war, das er sonst hier unten trieb.

Oh Gott.

Vielleicht war sie nicht die Erste?

Die Überlegung traf sie wie der Fausthieb eines Profiboxers.

Was, wenn sie nicht die Erste war?

Was, wenn er sein kleines Hobby schon eine ganze Weile betrieb? Seit Jahren? Was, wenn er es nicht alleine tat?

Donnie.

Wenn Donnie von dieser Sache wusste? Wenn er mit seinem Bruder unter einer Decke steckte? Hatte sie sich so sehr in ihm täuschen können? War das alles Teil eines irren Plans, den sie gemeinsam ausgeheckt hatten? Donnies wundervolle E-Mails und ... und die hässliche Skulptur und ...

Ruhigbleiben, Kim, du musst ruhigbleiben.

Dann kommst du hier raus.

Dann fällt dir was ein.

Sie prüfte die Fesseln um ihre Fußgelenke, wie sie es schon unzählige Male getan hatte. Fest, daran hatte sich nichts geändert. Ihre Beine kribbelten leicht, aber aus irgendeinem Grund schien das Blut im unteren Teil ihres Körpers besser zu zirkulieren als in ihren Armen. An den Fußgelenken hatte er die Kabelbinder nicht ganz so straff angezogen.

Die Stuhlbeine.

Vorsichtig verlagerte sie ihr Gewicht nach hinten, drückte gegen die Stuhllehne und versuchte, den Stuhl zum Kippen zu bringen. Es gelang. Einfacher als sie erwartet hatte. Überrascht stieß sie den Atem aus und kippelte schnell wieder zurück. Ihre Fußgelenke waren immer noch an derselben Stelle. Keine Chance, die Kabelbinder unten rauszuziehen, ohne dabei nach hinten umzukippen und sich den Kopf aufzuschlagen oder Schlimmeres.

Sie krümmte ihre nackten Zehen zusammen, spreizte sie. Das Kitzeln in ihren Fußsohlen ließ ein wenig nach, als neues Blut nachfloss. Dann spürte sie etwas Kaltes. Stieß mit dem linken großen Zeh dagegen.

Noch einmal.

Kühl.

Sie versuchte, nach unten zu schauen, aber das Ding war zu dicht am Stuhl, knapp außerhalb ihres Sichtfelds.

Metall, möglicherweise. Sie streckte den Zeh, soweit es ging und schaffte es, das Ding zu bewegen. Sie stöhnte auf, als ein Krampf durch ihre Fußsohle schoss. Krümmte sich zusammen, bis der irgendwann abklang.

Metall.

Ganz sicher Metall.

Sie tastete danach.

Dann kam sie drauf.

Die Zange. Er hatte sie liegen lassen. Die Kneifzange, mit der er den Kabelbinder durchtrennt hatte, als er ihre rechte Schulter eingekugelt hatte. Sie lag da vor ihr, auf dem Boden. Alles, das sie jetzt zu tun hatte, war den Abstand zwischen ihren Händen und dieser Zange auf dem Kellerboden zu verringern, möglichst auf Null. Dafür gab es allerdings nur eine Möglichkeit, und das war eine sehr gewagte.

Aber welche Alternativen hatte sie?

Wenn er zurückkommt und sich nicht mehr beherrschen kann diesmal, dann wird das alles keine Rolle mehr spielen. Nicht die Schmerzen in deiner Schulter und auch nicht, ob du eine Platzwunde am Hinterkopf hast. Alles, was du dann noch tun wirst, ist dich zu verfluchen, dass du es nicht wenigstens versucht hast.

Sie begann wieder, auf dem Stuhl herumzukippeln.

Herb tut Donnie einen Gefallen

Herb brauchte exakt zweiunddreißig Minuten bis zu Donnies Haus. Unterwegs begegnete er niemandem, der ihn erkannt oder auch nur eines zweiten Blickes gewürdigt hätte. Nur ein humpelnder, alter Kerl, dachten sie vermutlich. Stimmt, dachte Herb. Aber er war auch ein Kerl mit einem wirklich tollen Hobbykeller.

Als er vor Donnies Haus stand, schwitzte er tatsächlich ein bisschen. Herb überlegte eine Weile, wie weit er die Sache treiben sollte. Er war hier und offenbar war das Haus weder abgebrannt noch stand die Haustür offen. Alles in bester Ordnung. Aber dann entschied er sich doch, zur Eingangstür zu gehen und die Klinke zu betätigen. Immerhin war er mal ein Cop gewesen. Was man nicht alles tat für einen alten Pokerkumpel.

Donnie hatte etwas seltsam geklungen am Telefon, aber das konnte natürlich auch an der beschissenen Verbindung liegen.

Oder an seinem Bruder, dem blöden Angsthasen. Geldscheine ins Portemonnaie stecken, um die große Kohle anzulocken, heiliger Jesus! Genau wie diese dämliche Pinnwand in seinem Esszimmer. Dort hatte er jede Menge Bilder drangepappt, die er sich aus irgendwelchen Illustrierten ausgeschnitten hatte. Fotos von Yachten, großen Geländewagen, von Traumvillen und natürlich jeder Menge Geld.

Hatte sogar mal ein Bild eines Mädchens drangehangen, an dieser blöden Wand, über die sich Herb bei jeder Gelegenheit lustig gemacht hatte.

Eine Asiatin, möglicherweise, aber vielleicht bildete sich Herb das auch nur nachträglich ein. Die Sache war die, sagte Donnie, dass man nur jeden Morgen für ein paar Minuten auf diese Wand zu starren brauchte und sich einbilden, dass man all diese Dinge schon besaß. Dann würden sie einem von ganz allein zufliegen, dafür würde das Universum sorgen. Sagte Donnie.

Herb war sich nicht sicher, ob das wirklich die Methode war, mit der Leute wie Rockefeller und die Bushs ihr Vermögen gemacht hatten, aber für Donnie schien dieser Quatsch tatsächlich funktioniert zu haben, wenn auch die Yacht und der Geländewagen noch ein bisschen auf sich warten ließen.

Blödsinniger Bastard von einem Glückspilz. Und wenn man es genau bedachte, hatte Herb seine eigene Wunschwand. Bloß packte er die Sache an wie ein Mann, und sorgte selbst dafür, dass sich seine Wünsche erfüllten.

Herb klinkte. Die Tür war selbstverständlich verschlossen.

Herb ging kopfschüttelnd um das Haus zur Hintertür. Er hätte genauso gut auf Marjorie warten und sich von ihr mit dem Wagen herkarren lassen können. Oder gleich sie schicken. Verdammt.

Hier gab es eine Hecke, wo die Mülltonnen standen. Herb ging drumherum und prallte zurück.

Die Tür hing schief in ihren Angeln und stand sperrangelweit offen. Wer immer das getan hatte, hatte sich gar nicht erst mir Schlösserknacken aufgehalten, sondern gleich ein Brecheisen benutzt.

Marjorie kommt früher nach Hause

Marjorie kam am Spiegel im Flur vorbei und da fiel ihr auf, dass sie lächelte. Sie konnte sich nicht erinnern, wann sie sich das letzte Mal beim Lächeln ertappt hatte. Also blieb sie stehen und schenkte sich einen guten, langen Blick. Gar nicht so schlecht, fand sie. Ihre Haut hatte genau die richtige Bräune, und die Bluse stand ihr nicht schlecht, gar nicht schlecht. Ja, sie war nicht mehr schlank, wie sie es mit Anfang Zwanzig gewesen war. Aber, wie hieß es doch so schön, dieser Körper war noch irgendwo da drin. Nun, vielleicht nicht dieser Körper, aber doch immerhin ein ansehnlicher. Gott, war ihr Körper großartig gewesen mit Zwanzig. Es gab wohl keinen Jungen an der High School, in dessen feuchten Träumen sie nicht herumgespukt war, in ihrem kurzen Röckchen und der Uniformjacke des Footballteams, durch die sich ihre damals schon beachtlichen Möpse abgezeichnet hatten. Und auch sie hatte so ihre Träume gehabt, nicht wahr. Und in denen spielte durchaus auch der eine oder andere Spieler eine Rolle.

Manchmal auch das ganze Team.

Weißt du was, Marjorie, sagte sie zu sich selbst, du wirst jetzt nach oben gehen und dich auf dieses komische Rad setzen und dir einen abstrampeln. Und dann wirst du in die Wanne springen, nur für ein Viertelstündchen oder so und vielleicht ein bisschen an das Footballteam denken. Und morgen wirst du das Gleiche nochmal machen, nur ein bisschen länger und härter strampeln. Und wenn du nächste Woche noch dabei bist, wirst du den richtigen Moment abpassen und Herb fragen, ob es okay ist, wenn du dich zu einem dieser Kurse anmeldest. Wirst ihm sagen, dass du eingesehen hast, dass er was Besseres verdient als einen aufgedunsenen Hefekloß.

Das wird ihm gefallen, wenn du dich selbst als fetten Hefekloß bezeichnest.

Und noch mehr wird's ihm gefallen, wenn du ihn anschließend in den Mund nimmst und kräftig dran rumnuckelst. Muss ihn ja nicht kümmern, wenn du dir dabei vorstellst, es wären die Schwänze der jugendlichen Footballstars deiner alten High-School, die du der Reihe nach abmelkst. Das muss Herb überhaupt nicht kümmern.

Verdammt, dachte sie, und musste lachen. Ihre Hände waren bereits zu ihren Brüsten gewandert und kneteten daran herum. Sie hatte es nicht mal mitbekommen. Bist eine kleine Nymphomanin, Marjorie. Herb hat schon recht mit dem, was er dir gelegentlich an den Kopf wirft. Bist eine schmutzige, kleine Schlampe, Marjorie, ehrlich wahr, und da unten juckt es dir ständig.

Marjorie ging nach oben, aber aus dem Radfahren auf dem Hometrainer wurde dann doch nichts, oder aus dem Schaumbad. Sie ließ sich aufs Bett fallen, schloss die Augen und ließ ihre Hände wieder an ihren Brüsten herumspielen. Sie knetete sie durch den Stoff ihrer Bluse, während sie versuchte, sich an die Namen aller Footballspieler des Teams zu erinnern. Dabei störte sie der BH, der Stoff an dem Ding fühlte sich ungefähr so sexy an wie billige Auslegeware. Ungeduldig knöpfte sie ihre Bluse auf und hakte den Träger aus. Ihr befreiter Busen quoll und wogte unter ihren zupackenden Händen. Sie fand eine Brustwarze und kniff hinein, kräftig. Dabei flüsterte sie den Namen des Linebackers.

Marjorie, dachte sie, du kleine Schlampe, hier hast du ne kräftige Portion, und jetzt knie dich schön hier hin und mach den Mund ganz weit auf, hier sind ein Dutzend gesunder, junger Männer, und die haben alle ein ziemlich dringendes Bedürfnis. Und lass dir bloß nicht einfallen, einen einzigen Tropfen davon auf deine Teamjacke tropfen zu lassen, du kleine ...

Bumm!

Irgendwas war umgefallen.

Marjorie setzte sich auf. Knöpfte hastig ihre Bluse zu. Was war bloß in sie gefahren? Es war nur Herb, ganz bestimmt, der in seinem Keller zugange war. Wenn er sie fand, wie sie mitten am Tag im Bett rumlag und an sich herumspielte, dann würde sie gleich wirklich eine Portion bekommen, und zwar von dem guten, alten Friedensstifter, mit dem Herb seine Hose vor ungewolltem Runterrutschen bewahrte.

Marjorie stand auf und zog hastig die Bettdecke glatt. Der Knall hatte dumpf geklungen. Fast so, als hätte er das kleine Schränkchen in der Küche umgeschmissen, aber ... dann fiel ihr auf, wieso das nicht sein konnte. Dann hätte sie ihn fluchen hören, und geflucht hätte er ganz bestimmt. Und es hatte auch viel zu dumpf geklungen. Gar nicht wie ein Schrank, schon gar nicht wie ein Schränkchen.

Eher wie ein ...

Herb! Wenn er nun ... das Herz vielleicht! War es nicht genau das, was Dr. Weizsack gesagt hatte? Dass er ein schwaches Herz habe? Oder ein empfindliches, oder ein *strapaziöses* oder irgend sowas.

Shit.

Sie stopfte die Bluse in ihren Rock und stürmte nach unten. Im Wohnzimmer war es totenstill und als sie die Küche betrat, wusste sie sofort, dass Herb nicht hier war. Sie wusste nicht, wieso sie das wusste, aber wahrscheinlich war das einfach eins von diesen Dingen, wenn man sich zwanzig Jahre lang ein Haus teilte. Dann wusste man bestimmte Sachen.

Blieb die Frage.

Wenn es Herb nicht gewesen war, was war dann umgefallen?

Sie bemerkte, dass sie ihre Bluse in der Eile falsch zugeknöpft hatte und korrigierte den Fehler. Auf dem

Küchentisch lag ein Zettel, von Herb. Sie ging hin, um ihn zu lesen.

Bin zu Donnie, nachsehn, ob ales in Ordtnung is.

H.

Die gleiche krakelige Schrift. Die gleiche knappe Art, sich auszudrücken. Und die gleiche Unterschrift, bestehend auf dem ersten Buchstaben seines Vornamens und einem Punkt. Genauso waren damals seine Briefe gewesen und auch kaum länger. Er hatte ihr zwei Briefe geschrieben, bevor sie ihn das erste Mal mit sich hatte schlafen lassen. Herb war kein Mann vieler Worte, besonders nicht, wenn es sich um geschriebene Worte handelte. Sie war betrunken gewesen, und er nicht mal besonders gut, als er sie gevögelt hatte. Dafür aber ziemlich schnell fertig. Danach hatten sie es oft getrieben, bei jeder Gelegenheit, genaugenommen, und auch wenn es nicht besser geworden war, so doch auch nicht schlechter. Und vielleicht war gerade das der Grund, warum sie ausgerechnet bei ihm geblieben war, obwohl die halbe Schule sie angehimmelt hatte. Herb vergötterte sie nicht, er schlief nicht mit ihr und schon gar nicht machte er Liebe. Er fickte sie. Auf eine Weise, als ob er eigentlich gerade was Besseres zu tun hatte. Also hatte sie ihn geheiratet, und wer das nicht verstand, wusste einen Scheiß über die Liebe oder das Leben oder sonst irgendwas.

In der Ecke, wo der Spülschrank und die Anrichte zusammentrafen, blitzte etwas. Marjorie hockte sich hin, um es aufzuheben. Es war eine Glasscherbe, eine ziemlich große. Sie konnte sich nicht erinnern, in letzter Zeit etwas zerbrochen zu haben, von dem die stammen konnte. Schon gar nichts aus Glas. Schon gar nichts mit solch einer abgerundeten Ecke. Sie drehte das Ding im Licht hin und her. Das Glas war gut einen Zentimeter dick.

Dann wusste sie es. Das Ding stammte von ihrer gläsernen Auflaufform, die sie immer für ihre berühmte Fischlasagne benutzte. Herb musste sie fallengelassen haben. Nun, keine Lasagne mehr für dich, dachte sie und trat dem Mülleimer auf den Fuß, um die Scherbe wegzuwerfen. Dann hielt sie inne.

Bumm!

Leiser diesmal, aber nun, da sie näher an der Quelle dieses Geräusches stand, hörte sie genau, wo es herkam. Wo es ohne jeden Zweifel herkam.

Der Keller. Etwas hatte im Keller Bumm! Gemacht. Etwas, das zum zweiten Mal umgefallen war. Ein Schrank oder sonstwas, nicht mit Bestimmtheit zu sagen. Bloß fielen Schränke nicht von allein um, nach Marjories Erfahrung, und schon gar nicht zweimal.

Wenn er nun doch im Keller war?

Denn ...

Manchmal fiel etwas um, wenn man versuchte, sich dran hochzuziehen. Plötzlich hatte sie das Bild mit aller Deutlichkeit vor Augen. Herb, der sich mit einer Hand an die Brust fasste, mit bleichem, schmerzverzerrtem Gesicht. Und mit der anderen versuchte, sich an einem Regal hochzuziehen. Dabei Dinge umwarf, Schubläden herauszog und zu Boden krachen ließ, ohne sich dessen bewusst zu sein.

»Herb!«, rief Marjorie und stürmte los, die Scherbe immer noch in ihrer linken Hand. Ihre Hand verkrampfte sich um das scharfkantige Stück Glas, und sie zog sich einen ziemlich üblen Schnitt zu. Sie bemerkte es nicht einmal. Sie rüttelte an dem Knauf der Kellertür, bevor ihr einfiel, dass das nichts bringen würde. Sie drehte den Knauf, aber auch das öffnete die Tür nicht. Es dauerte ein paar weitere Sekunden, bevor Marjorie kapierte, dass er abgeschlossen hatte. Aber das tat er sonst nie. Weil er wusste, dass sie niemals ohne seine Erlaubnis da runtergehen würde. Und selbst wenn er es ihr erlaubt hätte, würde sie einen Teufel tun, wenn es sich irgendwie vermeiden ließ. Der scheiß Keller war ihr unheimlich.

Keller allgemein, das war schon immer so gewesen. Aber dieser besonders. Dieser ganz besonders, und diese verdammte Treppe, die so steil war, dass man sich ohne Probleme das Genick brechen konnte, wenn man einen falschen Schritt tat.

Und nun hatte er ihn abgeschlossen.

Das Bild vor ihren Augen veränderte sich.

Jetzt war es nicht mehr Herb, wie er versuchte, sich an einem Schrank hochzuziehen. Es war Herb, der am Fuß der Treppe lag und versuchte, wieder hochzukommen und es nicht schaffte, weil er sehr unglücklich gefallen war.

»Herb!«, rief sie erneut. »Herb, bist du da drin?«

Keine Antwort.

Natürlich nicht, du blöde Kuh, schalt sie sich und es war Herbs Stimme, die in ihrem Kopf schimpfte, wie soll er denn antworten, wenn er bewusstlos ist? Liegt da, weil du ihn endlich zur Verzweiflung gebracht hast mit deiner Dummheit. Weil du deinem Mann keinen Trost spenden konntest in einem Leben, das ihn ein Auge und das halbe Bein gekostet hat, während er versuchte, seine dumme Frau und seine nichtsnutzige Tochter durchzubringen. Und zum Dank lässt du ihn da unten verrecken. Eine schöne Ehefrau bist du, Marjorie.

Während sie all das dachte, war sie schon auf dem Weg nach oben, ins Schlafzimmer. Warf sich vor der Kommode auf die Knie, die genauso tabu für sie war wie der Keller und in jeder anderen Situation hätte sie sich an das Verbot gehalten, aber jetzt hing er da unten und röchelte vielleicht seine letzten Atemzüge.

In dem Moment, da sie die Schublade aufriss, wurde ihr klar, dass sie ihn liebte. Wirklich und wahrhaftig liebte, und ihr schossen die Tränen in die Augen.

Durch einen nebligen Schleier blickte sie in die Schublade. Drin war ein alter Schuhkarton. Sie hob den

Deckel an und legte ihn beiseite. Sie schenkte den zerfledderten Hochglanzmagazinen in dem Karton keine Beachtung, und auch nicht dem Bündel öliger Lappen oder dem, was darin eingewickelt war. Sie nahm das alles aus dem Karton, ohne es wirklich anzusehen. Als sie den letzten Stapel Zeitschriften herausgenommen hatte, stieß sie einen kleinen Seufzer der Erleichterung aus. Dann nahm sie den Schlüssel, kam auf die Beine, viel zu schnell, sodass sie für eine Sekunde Sterne sah, und taumelte aus dem Zimmer.

Die Treppe runter, und verschwendete keinen Gedanken an ihr eigenes Genick.

Sie steckte den Schlüssel ins Schloss und drehte ihn. Es schnappte zwei Mal, oh mein armer Herb, dann war die Tür offen. Sie zog an dem Knauf und betrat die Dunkelheit jenseits der Tür. Die Dunkelheit war allumfassend. Sie tastete nach dem Schalter an der linken Wand oberhalb des Treppengeländers. Fand ihn mit zitternden Fingern. Zögerte, drückte dann drauf. Irgendwo am Fuß der Treppe flammte Licht auf. Sie schaute dort hin. Blinzelte die Tränen weg. Blinzelte nochmals. Da stand ein Tisch mit Herbs Computer drauf, davor ein Stuhl und eine durchgesessene Couch. Ein paar ausrangierte Schränke, an deren Existenz sie sich noch dunkel erinnerte.

Niemand lag am Fuß der Treppe.

Das ist der Moment, Marjorie, dachte sie.

Das ist der Moment, an dem du deine Beine in die Hand nehmen und verschwinden solltest. Die Tür wieder zuschließen, und den Schlüssel und die anderen Sachen zurück an ihren Platz legen, wie du sie gefunden hast. Haargenau so, wie du sie gefunden hast. Und dann solltest du hoffen und beten, dass er nie rausfindet, was du getan hast. Und anschließend solltest du dich wirklich auf dieses blöde Fahrrad setzen und dir ein paar Kilo von den Rippen strampeln. Solltest strampeln, als ob es um dein Leben ginge.

Da hörte sie das Stöhnen.

Eigentlich war es kein richtiges Stöhnen, es klang gedämpft und irgendwie fern, so als gäbe es hier unten einen mit Wasser gefüllten Brunnen, an dessen unteren Ende jemand saß und aus voller Kehle brüllte. Aber natürlich war das Unsinn. Das alles war Unsinn. Etwas stach in ihre Hand. Sie hob sie ans Gesicht. Im Zwielicht sah das Blut gar nicht wie Blut aus, eher wie Rost oder braune Farbe. Sie hatte sich in die Hand geschnitten, an der blöden Scherbe vermutlich. Marjorie ging weiter.

Als sie das untere Ende der Treppe erreicht hatte, hörte sie das Geräusch nochmal. Und jetzt sah sie auch den Schrank, der in der Ecke stand und eine Art Raumteiler bildete.

Und den Vorhang.

Es war so ein schweres Ding aus grünem Filz.

Herb hatte einen Besenstiel zu einer Art Gardinenstange umfunktioniert, indem er ihn auf der einen Seite auf den Schrank genagelt und das andere Ende mit einem Metallwinkel an der Wand befestigt hatte. In das Filz des Vorhangs hatte er Löcher geschnitten und sie mit kleinen Lederstücken umnäht, damit sie nicht ausfransten, wenn man den Vorhang bewegte.

Und das, liebste Marjorie, ist haargenau das, was du nicht machen solltest.

Nämlich den Vorhang bewegen.

Du kannst mir's Haus niederbrennen, mein Auto klauen und all meinen Schnaps wegtrinken, aus ›nem alten Einweckglas, wenn's sein muss, aber tritt mir nicht auf meine blauen Wildlederschuhe. Tritt bloß nicht auf meine blauen Wildlederschuhe, wenn dir dein Leben lieb ist. Und leg nicht einen Finger an meinen grünen Filzvorhang.

Denk nicht mal dran.

Die Art, wie diese Arbeit ausgeführt war, hatte etwas so Funktionales, dass es beinahe barbarisch wirkte. Wie ein Lampenschirm aus Menschenhaut oder Kelche aus den Schädeln von Kindern. Marjorie schauderte, als sie den weichen Stoff berührte. Er kribbelte unangenehm als sie ihn mit ihren Fingerspitzen berührte, so als versuchten die winzigen Fasern sich in das weiche Fleisch unter ihren Fingernägeln zu bohren.

Sie schob den Vorhang zur Seite und erstarrte.

Herb macht ein bisschen Konfetti

»Schau mal Mami, der Mann hat seine Schnipsel fallen lassen und sie nicht aufgehoben.«

Herb hob den Blick.

Vor der Parkbank, auf der er saß, stand ein kleiner Junge. Er hatte etwas Dreck oder verschmierten Rotz auf der Oberlippe und trug ein Red Sox-T-Shirt, das ihm ein paar Nummern zu groß war. Der Kleine sah aus, als würde er beim nächsten Windhauch abheben und davongeweht werden, wie dieser andere Kerl mit dem Schirm, dem sie die Daumen abgeschnitten hatten.

Aber das musste eine andere Geschichte sein.

Es ließ sich kein Schirm halten, ohne Daumen.

»Komm, Donnie«, sagte eine Frau.

Scheiße, konnte das wahr sein? Donnie, ausgerechnet.

Der Kleine drehte sich um und lief davon, zu seiner bescheuerten Mutter, die ihn an der Hand packte und sich aus dem Staub machte, nachdem sie Herb einen irgendwie erschrockenen Blick zugeworfen hatte. Was durchaus verständlich war, fand Herb, als er zwischen seine Beine blickte.

Auf dem Boden vor seinen Füßen lag ein ansehnlicher Haufen länglicher Papierstreifen, in den er eine Tageszeitung verwandelt hatte. Verdammt, er konnte sich nicht mal dran erinnern, ob er diese Scheißzeitung gekauft oder aus irgendeinem Papierkorb gefischt hatte. Oder daran, wie er sich auf die verdammte Parkbank gesetzt hatte.

Egal, das spielte alles keine Rolle.

Jedenfalls hatte er sie zu Konfetti gemacht, und das, was nicht vor ihm auf dem Boden lag, wehte gerade über den Parkweg in Richtung Liegewiese. Die Sonne lugte zwischen düsteren Wolken hervor, von der Wärme des Nachmittags war nichts mehr zu spüren. Herb fror trotz seiner Jacke. Komischerweise bemerkte er auch das erst jetzt. Und sie stand schon ziemlich tief, die Scheißsonne. Ungefähr so, wie seine und Donnies Aktien, nicht wahr.

Fuck, die standen gerade richtig tief.

Weil die bekackten Kroaten nämlich doch eingebrochen waren in Donnies Bude. Was nicht das Problem war. Das Problem war vielmehr, dass sie die bekackte Skulptur mitgehen lassen hatten. Das, meine Freunde, guys and gals, Ladies und Gentlemen, das war ein Problem.

Herb erhob sich fröstelnd, zog seinen Blazer enger um seine Schultern und humpelte los. Stapfte durch die Papierstreifen wie durch Schnee. Schnee, der nur dort gefallen war, wo er auf der Bank gesessen und die Zeit vergessen hatte. Einer der Papierstreifen klebte an seiner Schuhsohle. Er schaffte es, sich festzuhalten, bis Herb den Ausgang des Parks erreicht hatte, dann fiel er ab und wurde davongeweht.

Die Sonne ging unter.

Marjorie sieht hinter den Vorhang

Da lag ein Stuhl, und zwar auf der Seite.

Eine Person saß darauf, ein Mädchen.

Oder sie lag auf dem Boden.

Oder beides gleichzeitig.

Je nachdem, aus welcher Perspektive man die Sache betrachtete.

Das Mädchen hatte langes, schwarzes Haar, das sich wie ein Fächer auf dem Boden verteilte, wo sie hingeknallt war. Umgefallen mit dem Stuhl. Nein. Umgefallen, das war der erste Knall gewesen, und sich dann umgedreht hatte, der zweite Knall. Der Anblick hatte beinahe etwas Komisches, wie sie da festsaß im Liegen, wie jemand, der sich entschlossen hat, unter allen Umständen sitzen zu bleiben, komme was da wolle.

Aber natürlich konnte sie den Stuhl nicht verlassen wegen der Kabelbinder. Die verbanden ihre Hand- und Fußgelenke mit der Lehne und den Stuhlbeinen. Das Mädchen bewegte sich und stieß wieder dieses gedämpfte Stöhnen aus.

Kein verzauberter Prinz am Grunde dieses Brunnens.

Nur ein Knebel, der in ihrem Mund steckte. Marjorie wusste, dass es so sein würde, noch bevor sie sich hinhockte und dem Mädchen die Haare aus dem Gesicht strich. Breites, silberfarbenes Klebeband, das Herb manchmal zum Abdichten einer Wasserleitung benutzte. Mehrere Streifen waren um den Kopf des Mädchens gewickelt und es klebten ein paar ihrer schwarzen Haare drin.

Das würde wehtun, wenn ihr jemand das Klebeband abnahm.

Ein Auge des Mädchens war zugeschwollen und ihr Gesicht starrte vor Dreck. Nein, kein Dreck. Das war Blut, und Mascara. Und eine dunkel auslaufende Beule auf der rechten Seite ihrer Stirn. Jetzt bemerkte Marjorie auch den intensiven Ammoniakgeruch. Sie hatte sich eingenässt, vermutlich schon vor einer ganzen Weile.

Oh je.

Und dann erkannte Marjorie, wer das Mädchen war, und das Mädchen erkannte sie.

Sie stöhnte, oder brüllte von ihrem Ende des Brunnens, brüllte aus Leibeskräften zu ihr herauf. Marjorie stand auf. Musste sich an dem kleinen Tischchen festhalten, auf dem eine Petroleumfunzel stand und eine ihrer alten Hosen lag. Sie blickte hinab zu dem Mädchen und als sie die Kneifzange sah, kapierte sie, warum das Mädchen sich mitsamt dem Stuhl umgeworfen hatte.

Und dann war sie weitergekrochen, Zentimeter für Zentimeter, auf die Zange zu. Vermutlich hätte es sogar funktioniert. Ihre Linke war nur noch Zentimeter von der Zange entfernt, und sie öffnete und schloss ihre Finger, um danach zu greifen. Der kleine Finger ihrer rechten Hand stand in einem unnatürlichen Winkel ab und bewegte sich nicht mit. Gebrochen. Da musste sie draufgeknallt sein, als sie umgekippt war. Marjorie nahm die Zange und überlegte, ob sie den Stuhl mit dem Mädchen wieder aufstellen sollte. Vermutlich würde sie das hinbekommen, Kim konnte nicht sehr schwer sein, klein und zierlich wie sie war. Ein leichtes Mädchen, dachte Marjorie und stieß ein nervöses Kichern aus.

Dann kniete sie sich vor das Mädchen, die Kneifzange in der Hand, und dachte nach. Schwarze Augen trafen ihre und als Marjorie die Hoffnung darin sah, wusste sie, was zu tun war.

Sie beugte sich herab zum Gesicht des Mädchens und flüsterte: »Es ist wichtig, dass er nichts merkt, hörst du?«

Das Mädchen nickte.

»Du wirst nichts sagen, ja?«

Das Mädchen schüttelte den Kopf.

»Nichts erzählen von dem, was hier passiert ist?«

Sie schüttelte den Kopf so kräftig es nur ging.

»Versprichst du's?«

Das Mädchen nickte, versprach es.

»Gut«, sagte Marjorie und stand ächzend auf. Legte die Zange auf den Tisch. »Es ist nämlich so: Wenn er erfährt, dass ich auch nur hier unten war, dann ... dann kann niemand wissen, was passiert, verstehst du? Er hat manchmal diese Phasen, dann ist er so ... naja, dann kriegt er diese Wut, und keiner weiß, was dann passiert. Das verstehst du doch? Er darf nicht wissen, dass ich hier war. Niemals darf er das erfahren.«

Während sie weiterplapperte, ging sie aus dem Kabuff und zog den Vorhand wieder zu. Genauso, wie er in ihrer Erinnerung gewesen war. Als ob nie jemand auf dieses besondere Paar blauer Wildlederschuhe getreten war. Sie stieg die Treppe nach oben, löschte das Licht und drehte den Schlüssel im Schloss herum, zwei Mal. Dann ging sie ins Schlafzimmer und legte den Schlüssel zurück in den Schuhkarton. Darauf die Zeitschriften mit den sich küssenden Schulmädchen und schlussendlich die in die Öllappen gewickelte Pistole. Sie verschloss die Schublade sorgfältig, stand auf und strich sich den Rock glatt. Sah sich im Schlafzimmer um. Als ihr Blick auf den Hometrainer fiel, musste sie lächeln. Seien wir ehrlich, Marjorie, dachte sie, aus dir wird in diesem Leben keine Bohnenstange mehr. Aber wenigstens hast du anständige Titten. Und die sind wahrscheinlich das erste, das schrumpft, wenn du dich auf dem Ding abstrampelst.

Sie ging nach unten in die Küche, öffnete den Mülleimer und wühlte sich durch den Müll. Dann legte sie die Scherbe der Auflaufform hinein, ungefähr in die Mitte, damit sie nicht herausstach, wenn Herb den Müll rausbrachte. Dann wusch sie sich die Hände und suchte die Zutaten für ihren berühmten Napfkuchen zusammen.

Der war nämlich Herbs Lieblingskuchen.

Als sie gerade dabei war, den Teig mit den Fingern ordentlich durchzukneten (Nur Amateure nehmen dafür ein Rührgerät, das hatte schon ihre Mutter gesagt.), klingelte das Telefon.

Herb hat schlechte Neuigkeiten

»Kuchen?«, fragte Herb, als er in die Küche trat.

»Ja, Schatz. Ist mein berühmter ...«

»Warum backst du einen verdammten Kuchen? Willst du, dass ich an einer beschissenen Herzverfettung sterbe?«

»Nein, Herb.«

»Mann, du bist schlimmer als dieser beschissene Quacksalber Weizsack!«

»Ja, Herb.«

»Also ich sag dir, was du jetzt tust, Marjorie. Du nimmst diesen Scheiß in dieser Schüssel da und kippst ihn unter ständigem Rühren in den Abfluss. Meinst du, das ist ein Rezept, an das du dich halten kannst?«

»Ja, Herb.«

Ihre Augen schimmerten feucht und Herb schwor sich, wenn sie jetzt wieder anfing zu flennen, würde er sie sich mit dem Gürtel vornehmen, gleich hier und jetzt. Oder scheiß was auf den Gürtel, er würde den Kochlöffel nehmen, mit dem sie in diesem scheiß Kuchenteig herumrührte. Und erst aufhören, ihren Fettarsch zu bearbeiten, wenn er das Ding in zwei Hälften gebrochen hatte.

»Hör auf zu flennen, Marjorie, das rat ich dir im Guten«, sagte er.

»Ja, Herb«, sagte sie und das Glitzern in ihren Augen verschwand, wie durch ein Wunder.

»Herb?«

»Was?«

»Donnie hat angerufen, vom Hotel aus. Es klang ziemlich dringend. Er hat mir die Nummer durchgegeben, du sollst ihn bitte zurückrufen. Ich hab die Nummer neben das Telefon gelegt ...«

»Scheiße auch«, sagte Herb nachdenklich und bewegte sich keinen Millimeter.

»Soll ich dir das Telefon bringen?«

»Nein, verdammt. Ich muss nachdenken.«

Er warf Marjorie einen wütenden Blick zu. »Warum gehst du nicht rüber zu Beth, Marjorie? Während ich nachdenke.«

»Aber ich weiß nicht, ob ihr das jetzt recht ist. Sie und Michael wollten ...«

»Ob es ihr recht ist? Ist mir scheißegal, ob ihr das recht ist. Wir haben sie zwanzig Jahre lang durchgefüttert und für das beschissene Haus gebürgt. Haben wir das nicht, Marjorie?«

»Ja, Herb.«

»Dann scher dich jetzt fort. Und lass dich nicht vor morgen Mittag hier blicken. Donnie und ich werden was zu tun haben und dabei wärst du uns nur im Weg.«

»Ja, Herb. Ich geh gleich los.«

»Ja, mach das Marjorie, mach das.«

Sie ging hastig in den Flur und zog ihren Mantel über. Als sie rausging, rief Herb ihr hinterher: »Kannst ihr ja einen Kuchen backen, damit sie genau so'n fetter Hefekloß wird wie ihre Ma!«, gefolgt von einem gehässigen Lachen.

Marjorie schloss leise die Haustür, und nun glaubte Herb doch, wieder ein Glitzern in ihren Augen gesehen zu haben. Nun, der Kochlöffel lief ja schließlich nicht weg.

Er ging rüber zum Telefon. Direkt daneben lag ein Zettel und auf dem Zettel stand: Donnie, Hotel.

Herb wählte die Nummer. Donnie ging beim ersten Klingeln ran.

»Hey, Donnie.«

»Herb, oh Gott. Ich hab dauernd bei dir angerufen, aber es ging immer nur Marjorie ran. Ich ... ich erreiche Kim nicht.«

»Kim?«

»Ja, Herb. Kim, meine Freundin. Ich hab ihr schon eine Million Nachrichten auf dem Anrufbeantworter hinterlassen, auch die Nummer vom Hotel, aber sie ruft nicht zurück.«

»Schon klar.«

»Naja, sie wollte euch noch die Auflaufform vorbeibringen. Die von Marjories Lasagne.«

»So, so.«

»War sie schon bei euch?«

»Nein.«

»Oh, Shit. Ich hab auch schon am Flughafen angerufen. Angeblich ist sie nie in irgendein Flugzeug gestiegen.«

»Na so ein Zufall.«

»Wie bitte?«

»Ein Zufall, sag ich, Donnie, ein verdammter Riesenzufall ist das alles.«

»Was meinst du, Herb?«

»Ich war gerade bei deinem Haus, Donnie.«

»Oh. Und? Oh, Mann, Herb.«

»Sieht so aus, als wären die Kroaten doch da gewesen.«

»Was, Herb? Wie meinst du das? Welche Kroaten?«

»Oder, wenn ich so drüber nachdenke, vielleicht doch nicht die Kroaten. Eher die Vietnamesen, oder die Japaner oder ... warte! Ja, ich denke, es könnten die Chinesen gewesen sein.«

»Was wie ...?«

»Jemand ist bei dir eingebrochen, Donnieboy. Hat die Hintertür aufgemacht. Mit nem Brecheisen würd ich sagen. Wird keine zehn Sekunden gedauert haben.«

»Herb ...«

»Ja, und hat alles mitgehen lassen, das einigermaßen Wert hat. Den Fernseher, die Stereoanlage. Und alle Schränke aufgerissen. Sah aus, als hätte ne Bombe eingeschlagen.«

»Scheiße!«

»Ja, Scheiße, Donnie. Richtig Scheiße. Riesenscheiße, die zum Himmel stinkt.«

»Aber ... aber woher sollen die gewusst haben, dass niemand zu Hause ist?«

»Gute Frage. Was glaubst du denn, Donnie?«

»Oh, Scheiße. Scheißescheißescheiße.«

»Korrekt, Donnieboy. Ich sag doch, ein Scheiß Riesenzufall ist das alles.«

»Du meinst ... Du meinst, Kim hat etwas damit zu tun?«

»Nee, ich meine nicht. Ich weiß. Du nimmst die kleine Torte mit nach Hause und einen Tag später brechen die Chinesen bei dir ein und räumen die Bude aus, während du dir irgendwelchen Blödsinn darüber anhörst, dass man sich das Portemonnaie voller Geldscheine stopfen soll. Hättest du mal bloß ...«

»Aber du weißt doch gar nicht, ob das die Chinesen waren!« Jetzt klang Donnie beinahe ein wenig aufgebracht.

»Wer denn sonst, Brüderchen? Wer denn sonst?«

»Mann, Herb, ich ...«

»Sie haben die Skulptur.«

»Was, Herb? Welche Skulptur denn?«

»Die ich dir zum Geburtstag geschenkt habe. Damals zu meiner Entlassung aus dem Dienst. Die stand doch immer neben dem Fernseher, nicht wahr?«

»Ja. Ja, klar, da stand sie, aber ...«

»Die war wertvoll, Donnie. Sehr wertvoll.«

»Ja. Kann ja sein. Aber sie haben meinen ganzen anderen Krempel, Herb! Oh, Mann ...«

»Hast du etwa keine Versicherung?«

»Doch, klar. Oh Scheiße, Herb.«

»Dann wirst du das Geld für die ganze Scheiße kriegen. Aber nicht für die Skulptur, die war nämlich ein Einzelstück.«

»Oh, Mann, Herb, tut mir wirklich leid. Aber ...«

»Wir müssen sie zurückholen.«

»Was?«

»Ja. Wir müssen sie zurückholen. Und ich weiß auch schon, wie wir das anstellen. Ich würde sagen, du schwingst deinen Arsch hier her und dann besprechen wir die Sache. Aber nicht am verdammten Telefon, klar?«

»Natürlich, Herb. Klar ... ich ... ich bin schon unterwegs.«

Klick.

Herb stellt eine Frage

»Was ist das für eine Scheiße, verdammt nochmal?«, fragte Herb, aber natürlich konnte die Gefangene nicht antworten, der Knebel saß ja immer noch genau, wo er sitzen sollte. Jeder einzelne der Kabelbinder saß, wo er sitzen sollte.

Wer nicht saß, wo sie sollte, war die Gefangene.

Herb hockte sich vor ihr Gesicht. Sie schaute zu ihm rauf, aus diesen verheulten Schlitzaugen. Nichts Schönes war da jetzt noch dran.

Verkommene Schlange.

Aber wenn sie reden sollte, würde er mit Gewalt nicht weiterkommen. Und reden musste sie, und zwar schleunigst. Auf jeden Fall, bevor Donnie hier auftauchte. Was hatten sie also, eine, vielleicht zwei Stunden?

Dann würde das genügen müssen.

Er drehte sie wieder auf den Rücken. Jetzt lag sie da wie ein verdammter Mistkäfer. Wie Marjorie, als er die umgestoßen hatte. Dann hievte er sie hoch, und das ging schwerer als er erwartet hatte. Hatte wohl zugenommen während ihres Kuraufenthalts hier unten, haha. Vielleicht lag's auch einfach daran, dass sie gefesselt war.

Als sie wieder an dem Tisch saß, zog Herb die Pistole aus seinem Gürtel. Er fuchtelte nicht damit herum wie ein

Amateur, sondern er hielt die Waffe ganz still, und ihr direkt vors Gesicht.

Sie presste die Augenlider aufeinander.

Gut.

»Hör zu«, sagte er. »Hey, mach die Augen auf!«

Sie tat es. Die Mündung der Pistole weniger als einen Zentimeter von ihrer Pupille entfernt. Musste sich zwingen, sie weiter anzusehen.

Aber sie tat es.

»Wir müssen uns unterhalten, du und ich. Und ich will, dass wir das wie zivilisierte Leute tun. Hörst du mir zu?«

Sie nickte. Weinte wieder. Er warf einen Blick auf ihre rechte Hand, ihr kleiner Finger war gebrochen. War wohl bei dem Sturz passiert. Verdammt.

»Pass auf. Passt du auf? Also. Wir werden uns unterhalten und wenn du mir die richtigen Antworten gibst, werde ich dich laufen lassen. Ganz recht, du kommst aus der Sache ohne einen Kratzer raus.

»Naja«, er deutet auf ihren Finger und dann auf den großen, blauen Fleck auf ihrer Stirn, »Was das betrifft, müsstest du dir schon was einfallen lassen. Dass du die Treppe runtergefallen bist, zum Beispiel. Funktioniert immer. Und in deinem Fall stimmt es ja sogar.«

Er kicherte.

»Aber du wirst Donnie nichts von dem sagen, das hier gelaufen ist, verstehst du?«

Sie nickte eifrig.

»Und lass dir nicht einfallen, zu den Bullen zu gehen. Wem, glaubst du, würden sie wohl eher glauben? Einem Kollegen oder einen dahergelaufenen Schlitzaugennutte wie dir?«

Sie weinte wieder.

Scheiß drauf.

»Hey!«, rief Herb, »hör auf zu flennen, das macht mich nervös. Du willst doch heil aus dieser Sache rauskommen?«

Sie nickte.

»Dann solltest du mich nicht nervös machen, klar?«

Sie nickte und klimperte die Tränen weg. Na bitte.

»Also. Ich mache dich jetzt los, dann wirst du duschen. Oben im Haus. Du machst, was ich dir sage, dann bekommst du eine Dusche und was zu Essen und wir unterhalten uns, ganz zivilisiert. Wenn du irgendwelche Tricks versuchst ... dann spricht mein kleiner Freund hier zu dir. Flüstert dir direkt ins Ohr, verstehst du?«

Er drückte ihr die Pistole ans Ohr, ließ sie das eine Weile genießen, dann steckte er sie wieder in den Gürtel.

Er griff nach der Kneifzange auf dem Tisch und hielt inne. Wog sie in der Hand, dachte nach. Auf dem Tisch. Hatte er sie auf den Tisch gelegt? Als er zuletzt hier unten gewesen war, da war er eigentlich nicht in der Verfassung gewesen, irgendetwas zurück an seinen Platz zu legen, da war er ziemlich durcheinander gewesen, soweit er sich erinnerte. Und die Gefangene konnte auch nichts damit zu tun haben, die war vollauf damit beschäftigt gewesen, sich mitsamt des Stuhls auf den Boden zu werfen und sich den verdammten Finger zu brechen. Wie auch immer, er würde ein andermal darüber nachdenken. Er benutzte die Zange, um die Kabelbinder durchzuknipsen und die Gefangene fiel vor lauter Dankbarkeit beinahe gleich wieder vom Stuhl. Er stützte sie und achtete darauf, dass sie seinem Rücken nicht zu nahe kam, wo die Pistole im Gürtel steckte.

Dann hievte er sie die Treppe rauf.

Als sie im Flur stand, konnte sie schon fast von allein gehen. Herb zog die Waffe, nur zur Sicherheit und deutete in Richtung des Badezimmers. Da drin gab es kein Fenster, also würde er draußen warten. Ihre Hose war immerhin vollgepisst und es war besser, er wartete hier, als mit reinzugehen, wenn er sie später noch befragen wollte.

Drin würde sie sich ausziehen, splitterfasernackt. Und der rote Schleier war nie sehr weit weg.

»Du kannst eins der Handtücher nehmen, die auf dem Boden liegen«, sagte Herb und warf Marjories Hose hinter sich in den Raum. »Zieh das an, wenn du fertig bist. Und beeil dich.«

Dann schloss er die Tür und wartete. Hörte, wie sie die Dusche aufdrehte. Sah auf die Uhr, bis die Dusche wieder verstummte. Sie hatte sich beeilt.

Als sie wieder vor ihm stand, mit klatschnassem, schwarzen Haar und Marjories Hose, die an ihr herumschlackerten wie ein Ballon, aus dem die Luft raus ist, sagte Herb: »Mach dir so ein Handtuch in die Haare, na los. Du tropfst sonst alles voll.«

Sie tat es. Ohne das verlaufene Mascara und das eingetrocknete Blut sah sie gleich besser aus. Beinahe wie ein Mensch.

Er steckte die Pistole in den Gürtel und bugsierte sie zurück in Richtung Keller. Er fummelte den Schlüssel heraus und begann sich an dem Schloss zu schaffen zu machen.

Sie war schneller, als er gedacht hatte. Mit einer geschmeidigen Bewegung glitt sie hinter ihn und er spürte, wie sie die Waffe aus seinem Gürtel riss.

Sie wusste, was sie tat. Er hörte, wie sie beinahe augenblicklich die Sicherung löste und den Hahn spannte. Herb hob die Hände und drehte sich um. Sie zielte mit der Waffe auf sein Gesicht, aus nicht einmal einem halben Meter Entfernung. Ohne zu zittern.

Sie machte so etwas nicht zum ersten Mal.

Natürlich nicht.

»Oh, Scheiße«, sagte Herb. »Jetzt hast du die Waffe.«

»Los«, sagte sie mit tränenerstickter Stimme, »da rein!«

»Da rein?«, wiederholte Herb gedehnt und deutete mit dem Daumen auf die Kellertür. »Na wie du meinst.«

Dann griff er nach dem Lauf der Waffe, und nicht einmal besonders schnell.

Sie drückte ab.

Hab dich!

Es klickte, als der Hammer auf den Schlagbolzen traf.

Einmal, zweimal.

Dann begriff sie.

Mehr Beweise hatte Herb nicht gebraucht.

Sie ließ die Waffe sinken und er packte sie am Arm, entrang ihr die Pistole und bugsierte sie durch die geöffnete Kellertür nach unten. Sie ließ es ohne Widerstand geschehen.

»Ach Scheiße«, sagte Herb, »dabei hatte ich so gehofft, wir würden das wie zivilisierte Menschen lösen können.«

Gehofft vielleicht, aber keine Sekunde geglaubt. Der Trick mit der ungeladenen Waffe war uralt. Diente dazu, festzustellen, wer auf wessen Seite stand. Und er klappte zuverlässig, in Situationen wie diesen. Er schloss die Kellertür und drehte den Schlüssel herum. Steckte ihn in seine Hosentasche. Steckte die Pistole wieder in den Gürtel.

Sie ging nach unten und setzte sich auf den Stuhl. Von ganz allein. In Erwartung weiterer, fantastischer Fesselspielchen.

»Also« sagte Herb. »Unterhalten wir uns. Ich zuerst. Wieso Donnie? Wieso habt ihr euch ausgerechnet Donnie ausgesucht? Woher wusstet ihr, was es bei ihm zu holen gab?«

»Er ... ich. Im Internet, wir haben uns kennengelernt, auf der Plattform. Ich habe einen Tutor gesucht für Englische Sprache, weil ...«

»Bull-shit!«, fuhr Herb sie an. »Bullshit! Du sitzt hier herum und erzählst mir verdammte Lügen! Bist du bescheuert?«

Er verpasste ihr eine Ohrfeige, ihr Kopf flog zur Seite und das Handtuch, das sie um ihr Haar gewickelt hatte, löste sich und fiel auf den Boden. Die nassen Haare klebten in ihrem Gesicht und auf ihrer Wange begann sich ein hellroter Abdruck abzuzeichnen. Nicht schlecht.

»Ich will wissen, wer die beschissene Idee hatte, bei Donnie einzubrechen. Und dich auf ihn anzusetzen. Wer hat dich nach Stillwater geschickt?«

»Das war Donnies Idee, er ...«

»Donnie, Donnie, Donnie.«

Herb seufzte.

»Ich weiß, mein Brüderchen hat ein paar wirklich dumme Flausen in seinem Spatzenhirn, irgendeinen Unfug über Geldscheine, die man mit sich herumtragen soll und seine Wand der Manifestationen oder wie immer er diese Scheiße nennt. Und ich weiß, dass Donnie blöd genug ist, sich von ein paar kleinen Titten und einem hübschen Gesicht vorführen zu lassen, aber ich frag dich noch einmal. Wieso bist du ausgerechnet nach Stillwater gekommen?«

»Donnie ...«

»Wer war der Kerl im Park?«, brüllte Herb. »Wer, verdammte Scheiße, wer?«

Sie sah ihn aus entsetzen Augen an. Flüsterte etwas. Erwischt, dachte Herb, verdammte Scheiße, ich hab dich zu guter Letzt doch noch erwischt.

»Wer?«, wiederholte er und boxte sie in den Unterleib. Keuchend stieß sie Luft hervor, rang nach Atem. Herb schlug noch einmal zu.

»Wer?«

»Tommy Chang«, krächzte sie hervor, »Tommy Chang.«

Es war alles wahr gewesen.

Von Anfang an geplant.

Herb hatte recht gehabt.

Tommy fucking Chang.

Schlagartig wurde alles rot. Herb wurde aus dem Fahrersitz seiner Wahrnehmung gekickt, und war plötzlich nur noch sowas wie ein Zuschauer.

Was er sah, war eine Orgie der Gewalt.

Und was er sah, gefiel ihm.

Seine Hand schnellte vor und als sie auf das Gesicht der Gefangenen prallte, sah Herb, dass die Pistole jetzt wieder in seiner Hand steckte. Der Griff erwischte die Gefangene am Mund, ihre Unterlippe platzte auf und zwei ihrer Zähne waren plötzlich verschwunden. Hatten sich in Luft aufgelöst, die kleinen Racker und war das nicht urkomisch. Das nächste Mal erwischte er sie an der Schläfe und schalt sich augenblicklich dafür.

Aber er hatte Glück, sie blieb wach, wenn auch benommen.

Er zerrte sie an den Haaren vom Stuhl, auf den Kellerboden, wo er sie mit Tritten bearbeitete. Sie kroch ein

Stück, unter seinem Bombardement von Schlägen und Tritten, kroch bis zur Treppe und dort brach sie zusammen.

Herb trat sie ein weiteres Mal, sodass sie auf dem Rücken zu liegen kam und dann nestelte er nach dem Verschluss seiner Hose.

Was dann folgte, bekam sie schon gar nicht mehr richtig mit. Und Herb auch nicht.

*

Als der rote Nebel sich schließlich verzog, sah Herb, was er angerichtet hatte. Wie die Treppe aussah, und der Betonboden und ... Gott, die Wand. Die war vielleicht das Schlimmste.

Keuchend erhob er sich, sah auf seine Armbanduhr und vergaß augenblicklich wieder, welche Zeit diese angezeigt hatte.

Es spielte ohnehin keine Rolle. Anderes war jetzt wichtig, und dass man es sorgfältig erledigte.

Methodisch, wie ein guter Cop eben.

Er stieg die Treppe hinauf, holte einen Gartenschlauch und jede Menge großer Plastiksäcke aus der Garage. Mit dem Schlauch begann er den Boden abzuspritzen und die Treppe und die schlimme Wand, nachdem er alles eingesammelt hatte, was sich einsammeln ließ und es in die Säcke gestopft hatte. Das rote Zeug war überall und er spülte es in die Senke, die in den Boden eingelassen war.

Wichtig war jetzt nur der erste Anschein. Später würde er das alles ordentlich schrubben müssen, und dann würde er es mit ein paar Schichten Farbe überpinseln. Das konnte an einem Nachmittag erledigt sein, aber nicht jetzt. Jetzt war Eile geboten.

Er stopfte die Klamotten und die Kabelbinder und das Klebeband in den Sack und seine eigenen in einen anderen.

Er warf einen letzten nachdenklichen Blick auf die Kneifzange, dann legte er sie zurück in die Werkzeugschublade. Sie hatte einen Kuchen backen wollen. Einfach so, ohne einen Anlass. Einen Kuchen, und nicht irgendeinen. Napfkuchen. Sein Lieblingskuchen, natürlich.

Systematisch und methodisch, wie ein guter Cop.

Und alles zu seiner Zeit.

Herb sah sich im Keller um. Es war alles noch ein bisschen nass, aber für den Moment würde es gehen.

Dann schleppte er die Säcke die Treppe rauf, durch die Diele und in die Garage. Es waren insgesamt drei und der letzte war am schwersten. Er ging ein weiteres Mal mit einem Plastiksack nach oben, nackt jetzt, sah sich flüchtig in der Küche um und reinigte dann das Bad, anschließend stellte er sich selbst unter die Dusche.

Stundenlang hätte er so stehen wollen, das heiße Wasser über seine Haut laufen lassen, aber das ging jetzt nicht. Vielleicht würde er später ein Bad nehmen. Also stiegt er wieder aus der Dusche, und warf die Handtücher zusammen mit den Klamotten der Gefangenen in den vierten Sack.

Als er nach der weißen Stoffhose griff, fiel ihm etwas Hartes auf, das in der rechten Tasche steckte.

Hatte er tatsächlich vergessen, sie zu durchsuchen? Was war bloß aus methodisch und systematisch geworden? Er ärgerte sich ein bisschen über diese Schlamperei, aber das war ja durchaus verständlich. Zum Zeitpunkt der Festnahme der Verdächtigen hatte eben alles sehr schnell gehen müssen.

Er holte den Gegenstand aus der Tasche und betrachtete ihn lange.

Nicht so sehr, um herauszubekommen, was der Gegenstand war, das war einfach. Es handelte sich um einen kleinen Schlüssel mit einer eingravierten Nummer. Ein Schlüssel zu einem Schließfach. Herb setzte sich auf den

Wannenrand und starrte das Ding geschlagene fünf Minuten an, um herauszukriegen, was die Konsequenzen aus dem Fund dieses Schlüssels sein würden. Schließlich steckte er ihn ein, stand auf und trug den letzten Plastiksack in die Garage.

Herb hat eine Theorie

Donnie tappte durch den Flur und tastete nach dem Lichtschalter. Er knipste das Licht an, trat ins Wohnzimmer und fuhr zusammen.

»Herb«, keuchte er und sein Rucksack glitt aus seinen Händen zu Boden.

»Herb, was machst du hier?«, und »Oh, Scheiße!«, als er den Blick ein wenig schweifen ließ. Die chinesischen Kroaten hatten sich seine Wohnung ordentlich vorgenommen, aber Herbs intensive Suche nach der Vase hatte sie in ein regelrechtes Schlachtfeld verwandelt.

Herb saß auf der Couch, mit feuchten Haaren.

»Komm her, Donnie, wir müssen reden.«

Donnie tat es und setzte sich neben Herb auf die Couch. Sein Blick fiel auf das kleine, in Öltuch gewickelte Päckchen. Dann schaute er woanders hin.

»Ich weiß, was hier läuft, Donnie.«

»Okay, Herb.«

»Die haben dich rausgesucht, von Anfang an.«

»Aber ... aber das verstehe ich nicht, Herb. Oh Mann. Ich meine, wieso ich? Was gab es denn bei mir zu holen?«

Donnie war ein Nervenbündel.

»Nichts, vermutlich. Gar nichts besonderes, nur eben der übliche Kram.«

»Ja, und der ist versichert. Ich werde die Schlösser wechseln lassen und ...«

»Darum geht's nicht.«

»Nein? Worum denn dann, Herb?«

»Es geht um meine Skulptur.«

»Die Skulptur? Echt jetzt, Herb?«

Donnie wirkte beinahe ein bisschen aufgebracht. Naja, das musste wohl an seinen strapazierten Nerven liegen. Er ruderte auch gleich zurück. »Ich meine, ich fand sie ja echt schön und so. War ein tolles Geschenk, hab mich wirklich gefreut, aber ...«

»Du kapierst es nicht, Donnie.«

»Was kapiere ich nicht?«

»Was ein Mann zulässt, dass ihm passiert, das passiert ihm immer wieder.«

»Meinst du das jetzt so auf der metaphysischen Ebene?«

»Ich meine: Scheiße, du musst da hingehen und deine Stellung klarmachen. Ihnen zeigen, dass sie sich mit dem Falschen angelegt haben. Und dann musst du dir die Skulptur zurückholen.«

»Was? Oh, Mann, Herb, ich weiß nicht. Vielleicht waren es ja wirklich die Kroaten? Ich werde nochmal bei Kim anrufen und ...«

»Donnie, bist du wirklich so beschissen dumm wie du aussiehst, Mann?«

»Na hör mal, Herb ...«

»Kapierst es denn immer noch nicht? Deine kleine Ling-Ling steckt doch in diesem ganzen Scheiß mit drin bis zu ihrer kleinen Nase. Eine gut aussehende, junge Tussi, die freiwillig mit einem Kerl wie dir rumhängt ...«

»Also, ich finde ...«

»Halt die Klappe, Donnie! Die mit einem wie dir rumhängt und kaum ist die Bude ausgeräumt, ist sie verschwunden und nicht mehr erreichbar. Ist doch klar: Die sitzt jetzt in irgendeinem schönen Penthouse, lässt sich von ihrem Komplizen durchbumsen und dabei planen die beiden schon den nächsten Coup. Und während sie das tun, lachen sie über dich. Sie lachen über dich, Mann!«

»Ehrlich, Herb, das glaub ich nicht. Du meinst, sie ist abgehauen, mit dem Geld? Mit allem?«

»Klar wie Kloßbrühe. Ist alles schon tausend Mal passiert. Und solche einsamen Herzen wie du, Donnie — die sind die perfekten Opfer.«

»Du meinst, sie ist mit ... mit der Beute abgehauen?«

Jetzt erst schien es Donnie wirklich zu begreifen. Offenbar war seine Leitung noch ein bisschen länger, als Herb das bisher angenommen hatte. Dafür wurde er jetzt weiß wie eine Kalkwand, der gute Donnieboy.

»Da steckt immer eine ganze Gang dahinter«, sagte Herb beiläufig, »Und jetzt zu den guten Nachrichten.«

»Gute ... Nachrichten?«, stammelte Donnie.

»Ja, Mann. Ich hab alles beobachtet, sie und ihren Komplizen.«

»Was?«

»Ja, als sie das Ding geplant haben. War reiner Zufall. Hab sie da sitzen sehen, im Park, als ich Joggen war und mir nichts weiter dabei gedacht. Halt zwei Schlitzaugen, die irgendeine Scheiße zu bereden hatten. Aber dann fiel mir auf, dass ich das Mädchen kannte. Es war nämlich dein Mädchen, Donnie, und sie war da mit einem anderen Kerl.

Einem Chinesen. An dem Tag, bevor du sie angeblich vom Flughafen abgeholt hast.«

»Was?« Jetzt sah Donnie richtig fertig aus. Kapierte es, endlich. »Wieso ... Aber ich habe sie ... wieso hast du nichts gesagt, Herb?«

»Nun, ich wollte dich nicht beunruhigen, schätze ich. Junge Liebe und all das.«

»Was?«

»Beruhige dich, Mann. Ich war mir nicht sicher, okay? Nicht zu einhundert Prozent. Du weißt, für mich sehen diese Schlitzaugen alle gleich aus.«

»Und jetzt bist du dir sicher?«

»Ja. Ist mir wieder und wieder durch den Kopf gegangen, die Szene, wie sie da im Park saß mit dem Chinamann, und ganz eng an ihm dran. Und dann wart ihr bei uns zum Essen.«

»Ja?«

»Ja, und da hab ich sie getestet. Hab ihre Körpersprache beobachtet und das alles. Aber sie war glitschig wie ein Fisch, das sag ich dir. War nichts aus ihr rauszubekommen. Bis mir einfiel, woher ich den Chinesen kannte.«

»Den Typ, der mit ihr im Park gesessen hat?«

»Und die ganze Sache ausgeheckt, ja. Also hab ich mir von den Kollegen im Revier ein paar Akten besorgt und ...«

»Du warst im Revier? Und durftest dir die Akten ansehen?«

Herb machte eine wegwerfende Geste. »Einmal Bulle, immer Bulle.«

»Und?«

»Und es stellte sich raus, dass der Kerl ein waschechter Ganove ist. Nur ein kleiner Fisch, ein bisschen Drogen hauptsächlich. Spielt den Laufburschen für ein paar

Zuhälter. Schuldet ein paar Leuten einen Gefallen. Wie das so ist.«

»Oh, Mann.«

»Ja, und er steht im Verdacht, der Drahtzieher hinter einer Serie von Einbrüchen zu sein, bei denen die Hausbesitzer nicht zu Hause waren und keine Alarmanlage besaßen. Als hätte er's gewusst. Es ist in solchen Fällen einigermaßen schwierig, an die Kohle von der Versicherung zu kommen. Zu viele Zufälle, verstehst du? Ein bisschen, als wenn du deinen Hausschlüssel unter der Bastmatte vor dem Eingang liegen lässt.«

»Scheiße. Oh, Mann, Herb, das ist eine Riesenscheiße!«

»Korrekt.«

»Oh, fuck!«, Donnie vergrub das Gesicht in seinen Händen. »Ich kapiere bloß eins nicht: Wenn sie mit allem abgehauen ist, warum hat sie dann die verdammte Auflaufform mitgenommen? Was zur Hölle hätte sie damit anstellen sollen?«

»Tja, keine Ahnung. Vielleicht mag sie ja Fischlasagne?«

Herb warf Donnie einen intensiven Blick zu, aber der schaute weg, Tränen in den Augen.

»Oh, Scheiße, was mach ich denn nun bloß?«

»Na, na, Donnie, wer wird denn gleich heulen wie ein Mädchen? Onkel Herb hat die Lösung.«

Donnie guckte ihn mit großen Augen an wie ein Kaninchen, das den Todesstoß erwartet.

»Die Lösung?«, fragte Donnie.

Herb nickte.

»Also, was wir machen, ist folgendes: Ich habe den Namen und die Adresse von diesem Kerl. Der Wichser heißt Tommy Chang. Da gehen wir jetzt hin und holen zurück, was uns gehört.«

»Aber wer sagt dir denn, dass dieser Tommy Chang überhaupt mit uns reden wird?«

»Oh, das wird er«, sagte Herb und sein Blick wanderte zu dem Päckchen auf dem Tisch. »Das wird er auf jeden Fall.«

Herb und Donnie machen eine Spritztour

»Was ist das, Herb?«

»Masken, Donnie. Glaub mir, du willst nicht, dass er uns erkennt.«

»Was? Natürlich will ich, dass er mich erkennt. Wir fragen ihn, wo er das Zeug versteckt hat und wenn er sich weigert, holen wir die Cops. Verdammt, wir sollten gleich die Cops holen.«

»Donnie.« Herb sprach ganz langsam, wie zu einem begriffsstutzigen Kind. »Die Cops werden einen Teufel tun. Das können sie nicht. Sie können nicht einfach in ein Haus spazieren, bloß weil zwei Zivilisten behaupten, dass der Kerl, der darin wohnt, ein Gangster ist. Glaub mir.«

»Aber du hast doch gesagt, die hätten schon einen Steckbrief von dem Mann. Eine Liste oder sowas.«

»Haben sie. Aber da liegt das Problem. Mangel an Beweisen, sonst hätten sie den Kerl ja längst geschnappt. Diese Schlitzaugen sind schlüpfrig wie geölte Aale.«

»Scheiße, Herb, ich weiß nicht ...«

»Hör zu, Donnie. Wir ziehen das jetzt durch. Ich weiß, wie solche Kerle ticken. Hab sie verfolgt, mein ganzes

Leben als Cop. Ich weiß, wie man sie einschüchtert. Alles nur Drohgebärden. Schwanzvergleich, wenn du so willst. Aber das knackt sie, das weiß ich. Letztlich knack ich sie immer.«

»Aber wenn die Cops nicht in sein Haus dürfen ...«

»Wir sind nur zwei Zivilisten, verstehst du? Das ist was völlig anderes. Dann ist es maximal ein Kavaliersdelikt. Und wir wissen, dass der Kerl bei dir eingebrochen ist. Es ist nur dein Zeug, das wir zurückholen, Donnie.«

»Aber das wissen wir nicht genau.«

»Okay, Donnie, hier ist, was wir tun. Wir gehen jetzt da rein, durch den Hintereingang, und direkt in seine Garage. Ich bin sicher, dort lagert er das Zeug. Wenn es nicht da ist, schleichen wir uns wieder raus und dann ist nichts passiert.«

»Und wenn es da ist?«

»Dann packen wir's ins Auto und verschwinden. Mann, es ist dein Zeug, Donnie, dein Eigentum, das du dir zurückholst.«

Herb zog die Skimaske über und hielt die andere Donnie hin. Der zögerte, die zitternden Hände ineinander verschränkt.

Dann griff er zu.

Das Schloss der Hintertür war ein Witz. Sobald sie drin waren, zog Herb eine Taschenlampe hervor, die er im Armyshop erstanden hatte und knipste sie an. Es war ein kleiner Zylinder und vorn kam ein schwaches blaues Licht raus. Speziallicht. Gerade genug, um nicht über liegengelassene Skateboards oder irgendwelche Bauklötzer zu fallen, aber nicht hell genug, um irgendwelche Nachbarn zu alarmieren.

Herb ging voran. Durch ein Wohnzimmer, das aussah, als hätten eine Horde Jugendlicher in einem Abteil von Ikea eine Party gefeiert. Die Möbel schienen alle brandneu zu sein, die Regale waren unbenutzt. Kein einziges Buch in dem Bücherregal an der Ostseite, das bis zur Decke reichte. Das einzige, das auf Leben hindeutete, war ein Stapel Pizzakartons auf dem Wohnzimmertisch. Direkt gegenüber der Couch thronte der größte Fernseher, den Herb je gesehen hatte. Und daneben zwei etwas kleinere.

»Bastard«, zischte er zwischen zusammengepressten Lippen hervor. Dann öffnete er den Durchgang zur Garage.

»Shit!«, entfuhr es Donnie, als sie die geräumige Garage betraten. Ein Auto war nicht darin, das parkte vor dem Haus. Stattdessen stapelten sich Kartons, große und kleine, säuberlich an den Wänden aufgereiht, und davor jede Menge Fernseher, ein paar Stereoanlagen und tragbare Computer, sogar ein paar Ghettoblaster.

»Was hab ich dir gesagt?«, frohlockte Herb. »Alles da.«

»Hey!«, rief eine Stimme hinter ihnen und sie fuhren herum.

Ein Chinese fuchtelte mit einem ziemlich beeindruckenden Messer vor ihnen herum. Der Mann trug ein helles T-Shirt mit einem verwaschenen Smiley und dazu rote Boxershorts. Und einen Gesichtsausdruck, der zu gleichen Teilen Zorn und Verblüffung verhieß.

»Was machen in mein Garage? Mein Haus, hä?«, verlangte er zu wissen und deutete mit der Spitze des Messers in Richtung Herb und Donnie.

Immer abwechselnd, hin und her.

Amateur.

»Es mag deine Garage sein, Chinamann«, sagte Herb, wobei er jedes Wort langsam und deutlich aussprach, als rede er zu einem zurückgebliebenen Kind.

»Aber das Zeug da drin sieht mir nicht so aus, als würde es dir gehören.«

»Polizei?«, rief der Chinese und musterte sie mit skeptisch zusammengekniffenen Augen.

»Nein«, sagte Herb, »nur ein paar besorgte Bürger, und wenn du jetzt keinen Aufstand machst, nehmen wir uns einfach, was unser ist und verschwinden wieder.«

»Raus!«, rief der Chinese, »Raus aus mein Haus!«

Er hob das Messer noch ein bisschen höher und hielt es Donnie unter die Nase, der instinktiv die Hände hob. Und sich vermutlich gerade einnässte. Scheiße, dachte Herb, und so etwas hatte mal Cop werden wollen. Dann zog er seine Pistole aus dem Gürtel und hielt sie dem Chinesen an den Kopf. Ohne zu fuchteln oder zu zittern.

»Lass das fallen«, sagte er leise. Der Chinese ließ das Messer los. Es fiel klirrend auf den Boden der Garage.

»Heb es auf, Donnie«, sagte Herb und Donnie bückte sich zögernd nach der Waffe.

»Abmarsch«, sagte Herb zu dem Chinesen, »ins Wohnzimmer. Und keine weiteren Tricks, Chinamann.«

*

Sie hatten den Chinesen mit einem dieser Wäscheseile aus Plastik gefesselt, weil nichts Besseres zu finden gewesen war. Er saß nun trotzig auf der Couch, Herb neben ihm. Donnie lief nervös auf und ab.

»Setz dich hin, Mann!«, rief Herb, »du machst mich nervös mit deinem scheiß Hin- und Hergelaufe. Donnie tat es und zappelte sitzend weiter.

»Also«, begann Herb, »wo ist die Statue?«

»Statue?«, wiederholte der Chinese.

»Ja, Statue, Skulptur, Plastik. Du weißt schon, so ein Kunstscheiß. Wo ist die? Hab sie nicht in der Garage gefunden und wie es aussieht, stehst du auch nicht auf solchen Kram.« Er machte eine Geste, die das gesamte

Wohnzimmer in seiner erstaunlichen Schmucklosigkeit mit einschloss. »Also, wo ist diese scheiß Plastik?«

»Plastik?«, fragte der Chinese.

»Sag's ihm«, sagte Donnie, »Bitte.« Dabei klang er, als müsse er sich gleich übergeben. Verdammter Feigling.

Herb sagte nichts, er schaute den Chinesen an

Ließ ihn nicht aus dem Auge. Registrierte die kleinste Regung in seinem Schlitzaugengesicht. Es war seltsam, der Kerl lächelte nicht, wo diese Schlitzaugen doch sonst immer lächelten. Vielleicht, weil er begriffen hatte, dass es nun nichts mehr zu grinsen gab.

»Plastik?«, fragte der Chinese noch einmal. Donnie wollte dazu ansetzen, noch etwas zu sagen, aber Herb unterbrach ihn mit einer unwirschen Handbewegung.

»Geh nach draußen, Donnie«, sagte er.

»Herb ...«

»Geh. Setz dich ins Auto. Das hier dauert nicht lange. Unser Mister Chinamann ist kurz davor, sich mir anzuvertrauen. Ich bin sicher. Oder, Mister Chinamann?«

Der Chinese blickte ihn stumm an.

»Aber wenn er nun wirklich nicht weiß, wo diese blöde Statue ist?«, flüsterte Donnie. »Mann, Herb, es geht doch nur um ...«

»Es geht um ein Geschenk, das ich dir gemacht habe. Ein Geschenk unter Brüdern. Unter Freunden. Ich weiß nicht, wie du das siehst, aber mir bedeuten solche Dinge etwas. Eine Menge.«

»Mir doch auch, Herb. Ich meine ja bloß. Das ist doch den ganzen Ärger nicht wert. Lass uns meinen Krempel einsacken und verschwinden. Dann sind wir quitt. Oder, Mister?«, fragte er an den Chinamann gewandt. »Dann sind wir quitt?«

Wieder dieser bittende Ton. So wurde das nichts.

Nicht mal das gute alte Guter-Cop-Böser-Cop-Spiel. Nicht, wenn einer von den beiden ein weinerliches Weichei war. Aber schließlich war Donnie kein Cop, woher sollte er es denn besser wissen? Der Chinamann blickte ihn weiter an und blieb stumm wie eine Auster.

»Komm schon, Herb, wir laden meinen Krempel auf und ...«

»Scheiß was auf deinen Krempel, Donnie. Scheiß drauf, hier geht es um was Anderes. Hier geht es ums Prinzip. Und jetzt mach, dass du nach draußen kommst.«

Donnie stand auf und stakste zum Hintereingang. Als Herb hörte, wie die Hintertür ins Schloss fiel, stand er auf und schnappte sich ein Kissen von dem Sofa, auf dem der Chinamann saß. Dann legte er die Pistole auf den Tisch. Die Augen des Chinesen folgten seinen Händen, auch als er in die Tasche griff, den Schlüssel herausholte und ihn neben dem Revolver auf den Tisch legte.

Die Augen des Chinesen wurden groß, als er den Schlüssel erkannte.

Nur für den Bruchteil einer Sekunde, aber Herb genügte es. Alles klar, schuldig im Sinne der Anklage. Herb steckte den Schlüssel wieder ein, dann schnappte er sich die Waffe und das Kissen vom Sofa.

»Also, Mister Chinamann, zu welchem Schließfach gehört dieser Schlüssel, hm?«

Donnie lässt sich nach Hause fahren

Donnie sagte während der gesamten Fahrt kein Wort. Naja, das konnte ihm wohl keiner übelnehmen. Er war halt kein Cop. Keiner von den Männern, die taten, was getan werden musste.

Eher einer von denen, die es im Großen und Ganzen mit sich machen ließen. War schon immer so gewesen. Konnte sich glücklich schätzen, dass sein großer Bruder immer auf ihn aufpasste und ihm hin und wieder eben auch die Kacke vom Popo wischte, bildlich gesprochen.

Sie setzten sich in Donnies zerlegtes Wohnzimmer.

Donnie auf die Couch, wo er die Knie an die Brust zog, langsam vor und zurück wippte und ins Leere starrte.

Auch das würde sich wieder geben.

Wenn er erst aus dem verdammten Zombiemodus raus war. Herb legt die Waffe auf den Tisch und Donnie starrte sie an, als sei sie eine giftige Kobra oder sowas.

»Es ist alles meine Schuld...«, stammelte er.

»Ach komm schon, Donnie.«

»Er hat überhaupt nichts gewusst von deiner blöden Statue. Er hat es gar nicht wissen können, weil ...«

»Donnie. Mann, reiß dich zusammen.«

»Und meinen Krempel? Diesen ganzen Scheiß hier? Wer braucht das? Wer braucht das alles, verdammt ...« Tränen rannen über seine Wangen, ekelhaft. »Wer braucht diesen ganzen Mist? Und du hast ... wir haben ihn ...«

Herb stand auf, ging zum Sofa und umarmte Donnie. Er tat es etwas linkisch, schließlich war er kein Schwuler oder sowas.

Donnie fühlte sich eiskalt an.

»Ach komm schon, Brüderchen. Das musste getan werden. Diese scheiß Schlitzuaugen haben dir dein Zeug weggenommen. Das hat dir gehört, Mann. Hast schließlich hart dafür gearbeitet. Und die spazieren einfach hier rein und nehmen mit, was ihnen gefällt. So etwas kann ein Mann nicht zulassen. Ein Mann muss ...«

»Du hast ihn umgebracht, Herb, du hast diesen Mann umgebracht!«

Donnie stieß ihn fort, nicht besonders kräftig, aber die Bewegung kam so überraschend, dass Herb ein paar Schritte nach hinten taumelte. Seine Beinschiene prallte gegen das Tischbein des Kaffeetisches. Herb stolperte, blieb hängen und fiel.

»Donnie, verdammt ...«

Donnie starrte ihn an. Herb bemerkte, dass ihm seine Haare an der Stirn klebten, das sah von hier unten ein bisschen wie bei Napoleon aus, wenn auch nicht ganz so würdevoll. Eher wie der mickrige Versuch eines drittklassigen Schauspielers.

»Oh, sei ruhig, Herb!«, wimmerte Donnie, »Sei ruhig, du ... du Psychopath! Du hast ihn umgebracht, einfach so, du ...«

»Donnie«, sagte Herb mit einer Stimme, die er sich normalerweise für die wenigen Fälle aufsparte, wenn Marjorie ernsthaft aus der Reihe tanzte. Scheiße, er musste sich was am Bein getan haben, das schmerzte plötzlich wie die Hölle.

»Donnie, hör mal. Du kriegst dich jetzt ein und dann reden wir darüber wie Männer.«

»Du Arschloch«, rief Donnie, »du beschissenes, geisteskrankes Arschloch!«

Er flennte jetzt, wie es noch nicht mal Marjorie, diese Heulsuse in ihren besten Zeiten hinbekam.

Mannomann.

Dann griff er nach der Pistole und richtete sie auf Herb.

»Komm schon«, sagte Herb, »Hilf mir wieder hoch. Du weißt, ich kann das nicht allein. Und dann reden wir. War doch nur ein Schlitzauge.«

Herb versuchte ein Kichern und stützte sich auf die Ellenbogen.

»Was hast du gesagt?«

»Ein Schlitzauge. Eins von der Sorte, die Mike auf dem Gewissen haben, und mir das Bein und das rechte Auge ...«

»Du scheiß Arschloch! Du bist es, der Mike auf dem Gewissen hat, du verdammter Blödian. Und sie haben dich auch nicht in Ehren entlassen, sie haben dich rausgeworfen, weil ...«

»Donnie!«

»Sie haben dich rausgeworfen und dir die Versicherung bezahlt, damit nicht die ganze Abteilung wie ein Haufen schießwütiger Idioten dasteht. Um den Schein zu wahren, verdammt nochmal! Sie hätten dich in den Knast stecken sollen, Mann! Oh hätten sie das doch bloß getan.«

Donnie lachte hysterisch auf.

»Donnie!«, Herbs Stimme war wie ein Peitschenknall.

Donnie schaute ihn aus verheulten Augen an und wie aus weiter Ferne. Die Pistole hatte er immer noch auf Herb gerichtet. Herb hatte den kleinen Schlüssel aus der Tasche gekramt und hielt ihn hoch. Donnies Augen brauchten scheinbar eine Ewigkeit, bis sie sich auf das Objekt fokussiert hatten, und dann eine weitere, um Donnies Verstand zu übermitteln, was sie da sahen.

Und dann begriff er es.

Begriff alles.

»Woher ...«, krächzte Donnie, »woher hast du das?«

»Sie war eine Nutte, Donnie. Auf dich angesetzt. Der Chinamann hat alles zugegeben. Wie ich's gesagt hab.«

»Woher hast du das?«

Die Waffe in Donnies Hand zitterte. Die Knöchel seiner Finger traten weiß hervor, als sich sein Zeigefinger um den Abzug spannte.

»Sie muss es gewusst haben, Donnie. Muss irgendwie erfahren haben, was in der Statue versteckt war. Donnie, die Diamanten ...«

»Ja!«, rief Donnie und sprang auf, gefolgt von einem irren Kichern. »Ja, sie hat es gewusst. Wir haben es beide gewusst. Wir haben die beschissene Statue runtergeschmissen. Aus Versehen, aber anschließend wusste ich, warum du mir das hässliche Ding geschenkt hast. Du hast die Diamanten darin versteckt, die du damals am Tatort geklaut hast. Von der beschissenen Mafia geklaut, und dann versteckst du sie in meinem Haus, du beschissenes Arschloch!«

»Donnie. Du musst dich jetzt zusammenreißen. Ernsthaft, ich ...«

»Woher hast du diesen Schlüssel?«, rief Donnie mit überschnappender Stimme.

»Von dem Chinamann.«

»Nein!«, Donnie sprang auf ihn los wie ein wütender Tiger. »Nein, das ist nicht wahr. Der kann ihn nicht gehabt haben. Der Kerl war nur für den Einbruch zuständig.«

Was?

»Was?«

»Ja, Herb. Mir war sofort klar, woher die Diamanten stammten. Also haben Kim und ich uns was überlegt, wie wir die Dinger loswerden können, ohne dass du Verdacht schöpfst. Das mit dem Einbruch war meine Idee. Meine Idee, hörst du? Deswegen solltest du auch auf mein Haus aufpassen. Damit du selbst siehst, dass es ein Einbruch war. Und Kim ... Kim kannte da so einen Typen, der ihr die Diamanten abgekauft hat und ... oh, Gott.«

»Siehst du? Eine Nutte. Durch und durch. Sag ich doch.«

Donnie hatte versucht, ihn zu ficken. Sein eigener Bruder. War das nicht erstaunlich? Herbs Gehirn lief auf so einer Art Autopilot, während er noch versuchte, diese Ungeheuerlichkeit zu fassen.

»Du ... du scheiß Irrer! Es war mir egal, was sie war, verdammt! Ich habe sie geliebt!«

»Komm schon, Donnie, eine Schlitzaugennutte ...«, sagte Herb und zog sich am Tisch hoch. Noch ein Stück. Er schaute in den zitternden Lauf der Waffe. Dann noch ein Stück, gleich würde er ...

»Ich habe sie geliebt, du Arschloch«, sagte Donnie und steckte sich die Waffe in den Mund.

Dann drückte er ab.

Große Pläne

Herb stieg aus dem Wagen und schlenderte zum Flughafen. Nichts dabei. Nur ein Kerl, der seinen Flieger kriegen will. Er lächelte die Frau am Schalter an, als er sagte:

»Acapulco.«

Sie kicherte ein bisschen. Hübsches Ding. Jung. Blond, durch und durch. Ein bisschen wie Marjorie in der Blüte ihrer Tage gewesen war.

»Das wird aber kein Direktflug, Sir.«

»Macht nichts, Schätzchen. Ich bin sicher, dein schlauer Computer kann mir eine ganz tolle Route zusammenstellen.«

»Das kann ich machen, Sir, dauert nur eine Sekunde. Haben Sie großes Gepäck?«

In meiner Hose? Sicher, Süße.

»Nur Handgepäck«, sagte Herb und tätschelte die Sporttasche, die neben ihm auf dem Tresen lag.

Es dauerte ein bisschen länger als eine Sekunde, aber das war kein Problem. Herb hatte Zeit. Der Drucker ratterte und sie lächelte ihn an. Vielleicht nur ein professionelles Lächeln, vielleicht mehr. Klar, warum nicht. Weiber wie die suchten sich immer einen Daddy wie ihn. Bloß gut, dass es da, wo er hingehen würde, jede Menge Weiber wie die geben würde. Und jüngere. Viel jüngere. Mit Haut so weich wie samt und einem Eingang so eng, dass Herb Mühe haben würde, auch nur die Spitze seines Prügels reinzubekommen. Vielleicht auch Jungs. Das war etwas, das Herb schon seit einiger Zeit im Kopf herumspukte, diese Sache mit den Jungs. Obwohl er natürlich kein Schwuler oder sowas war, nosir! Wenn sie jung genug sind, dann ist es nicht wie mit einem anderen Mann. Dann ist es was anderes.

Dann ist es möglicherweise bloß ein Mordsspaß.

»Sir ... Sir?«, Blondie strahlte ihn an. Der Drucker hatte fertiggerattert.

»Hm?«, fragte Herb verträumt.

»Da, bitte, Sir. Steht alles auf diesem Ausdruck. Macht fünfhundertzweiundvierzig Dollar und vierzehn Cent bitte.«

»Vierzehn Cent? Was Sie nicht sagen«, grinste Herb.

»Sicher wollen Sie mit Ihrer Kreditkarte zahlen.«

»Nein, Schätzchen. In bar.«

»Gerne, Sir.«

Herb nickte und lehnte sich über den Tresen des Schalters. »Hab die Haushaltskasse meiner Frau geplündert«, sagte er mit einem verschwörerischen Grinsen und holte ein paar Scheine aus der Sporttasche.

»Verstehe«, sagte sie und grinste verschwörerisch zurück. Die würde ihm auf der Stelle einen nuckeln, wenn er es drauf anlegte, jede Wette. Und ihn richtig tief reinnehmen dabei.

Vielleicht später.

Erstmal gab es noch was zu tun.

Er reichte ihr das Geld und nahm den Ausdruck und die Tickets, es war ein ganzer Stapel. Er steckte sie in die prall gefüllte Sporttasche. Es raschelte, ein wohltuendes Geräusch. Das Rascheln der Freiheit, wenn man so wollte.

»Ihr erster Flug geht in fünf Stunden. Soll ich Ihnen ein Zimmer in unserem Hotel buchen?«

Klar, Süße. Wenn du mit mir auf dieses Zimmer kommst. Dann kann ich allerdings für nichts garantieren. Wie sie ihn jetzt so anstrahlte, erinnerte sie Herb ein bisschen an die Tochter der Myers. Das Flittchen mit den hübschen Tittchen, die gern mal vergaß, die Vorhänge zuzuziehen, wenn sie duschte.

Kleine Ferkel, das waren sie letztlich alle.

»Nein danke, nicht nötig. Ich muss noch was erledigen.«

Sie sah enttäuscht aus. War ja klar.

»Oh, na dann, guten Flug Ihnen, später dann.«

»Danke, Schätzchen.«

Sie würden den Chinesen finden, na klar und vielleicht auch Donnie, der jetzt kein Zombie mehr war, weil er sich das Gehirn rausgeballert hatte, und das bedeutete auch für die Untoten das endgültige Ende. Offengestanden war das kein allzu großer Verlust. Es war ja nicht so, dass dieses

Hirn je zu irgendwas nütze gewesen war, bei Jesus! Ein Zombie weniger und wenn schon.

Kim würden sie vermutlich erst finden, wenn sie sich in ein paar Tagen fragen würden, warum keiner den blauen Ford vom Parkplatz fuhr.

Donnies Wagen.

Vermutlich würde es dann aus dem Kofferraum schon ziemlich müffeln und kleine Tiere würden versuchen, an den Inhalt des Kofferraums dranzukommen. Spätestens dann würden sie bei Donnie vorbeischauen. Und vielleicht auch bei ihm.

Allerdings vergeblich.

Denn wen sie in seinem Haus ganz bestimmt nicht antreffen würden, war einen alten, halbblinden Kerl mit einer Beinschiene, weil dieser Kerl dann nämlich längst über alle Berge sein würde.

Im Ausland, oh ja.

Dort würde der Kerl sich eine von diesen Augentransplantationen gönnen und vielleicht bekamen sie sogar das mit seinem Fuß wieder hin – Weizsack, dieser Pisser hatte schon recht – so schlimm war es eigentlich gar nicht. Das alles würde eine Schweinekohle kosten, aber es war die Sache wert. Mehr als wert. Und anschließend würde immer noch genug übrig sein, mehr als genug. Er tätschelte nochmal die Sporttasche.

Dann schlenderte Herb zurück zum Parkplatz.

Marjorie erschrickt sich ein bisschen

Marjorie war bereits zu Haus. Sie saß auf der Couch, frisch geduscht, und sah ihn mit großen, erwartungsvollen Augen an. Herb setzte sich zu ihr und klopfte neben sich auf die Couch.

»Setz dich zu mir, Marjorie.«

»Was ist denn Schatz?«

»Setz dich einfach zu mir.«

»Ja, Schatz.«

»Ich muss mit dir reden, Marjorie.«

Er holte die Kneifzange hervor. Wog sie in der Hand. Ein schönes, schweres Stück Metall. Er spürte, wie sie sich neben ihm verkrampfte.

»Warst du im Keller, Marjorie?«, sagte er, ohne sie anzuschauen. Das musste er nicht.

Sie wollte aufspringen, aber Herb war schneller.

Danksagung

Hi, hier ist L.C. Frey!

Paul und ich möchten uns an dieser Stelle gern bedanken. Zu allererst bei Ihnen, falls Sie bis hierhin durchgehalten haben. Vielen Dank, dass Sie uns Ihre Zeit gewidmet haben!

Wir hoffen, sie hatten beim Lesen ebenso viel Spaß wie wir beim Schreiben. Wobei Spaß an dieser Stelle bitte nicht falsch zu verstehen ist – aber als Autoren ist es uns einfach manchmal ein Bedürfnis, ein bisschen im Schmutz zu wühlen. Und mit »Herb« haben wir (hoffentlich) einen besonders unansehnlichen Brocken hervorgefischt.

Bon Appétit!

Und ja, das Buch ist ganz sicher nichts für Jederfrau und Jedermann. Wir hoffen trotzdem, Ihren Geschmack an grausiger Literatur etwas getroffen zu haben.

Wenn Ihnen unsere erste gemeinsame Arbeit gefallen hat, lassen Sie es uns gern wissen und werfen Sie vielleicht einen Blick auf eins unserer anderen Bücher. Bei mir dürfte Ihnen das recht leicht fallen, schauen Sie einfach mal auf www.LCFrey.de vorbei. Stöbern Sie, schmökern Sie in Leseproben (Sie finden auch zwei am Ende dieses Buchs), laden Sie sich ein paar kostenlose Bücher herunter und hinterlassen Sie gern auch eine Mail, einen Kommentar oder ein sonstiges Lesezeichen.

Bei Paul Anger dürften Sie ein bisschen länger suchen müssen, aber hier hilft Ihnen Google sicher weiter. Ansonsten hält sich Paul eher bedeckt. Auch mit mir verkehrt er nur per E-Mail, und raten Sie, wer das Nachwort schreiben durfte.

Apropos Schreiben.

Schreiben Sie uns auch gern eine Rezension auf der Plattform, wo Sie das Buch gekauft haben. Damit tun Sie eine Menge Gutes! Sie helfen uns, bessere Bücher zu schreiben, und Sie helfen anderen Lesern bei der Frage: »Ist dieses Buch etwas für mich oder eher nicht so?« - diese Frage haben wir uns alle bestimmt schon häufiger gestellt. Ich bin jedenfalls immer dankbar für die fundierte Meinung anderer Leser, wenn ich vor dieser Entscheidung stehe, also ungefähr einmal pro Woche.

Wie immer haben wir auch dieses Buch nicht im Alleingang geschrieben, egal, was Paul Ihnen da vielleicht erzählt. Glauben Sie ihm kein Wort, der Kerl ist immerhin Schriftsteller!

Unser Dank geht an unsere kritischen, weisen, adleräugigen und überhaupt enorm wundervollen Testleser Krissy, Jörg, Markus, Katja, Denise, Karin, Melanie, Rebecca »Becci«, Sonja, Bärbel und diesmal ganz besonders an Sebastian, der uns darauf auf den Trichter bracht, dass Donnie Herbs kleiner Bruder ist. Der Wald und lauter Bäume. Schlimm, das. Danke, Sebastian!

Ich danke meiner wundervollen Freundin Krissy dafür, dass sie für mich da ist, und meine gelegentlichen Verrücktheiten erträgt. Das »gelegentlich« habe ich nur eingefügt, um Sie in die Irre zu führen. Ich danke meinen Eltern, den besten, die man haben kann, und allen anderen: Ihr wisst, wer ihr seid! Und wenn ihr nicht mal das wisst, könnt ihr einem wirklich leid tun.

Paul dankt seiner Frau und seinem Hund. Und vermutlich Charly Manson.

Viele Grüße und die besten Wünsche,

L.C. Frey & Paul Anger

P.S.: Alter, wirst du jemals lernen, dich kurz zu fassen? – Paul

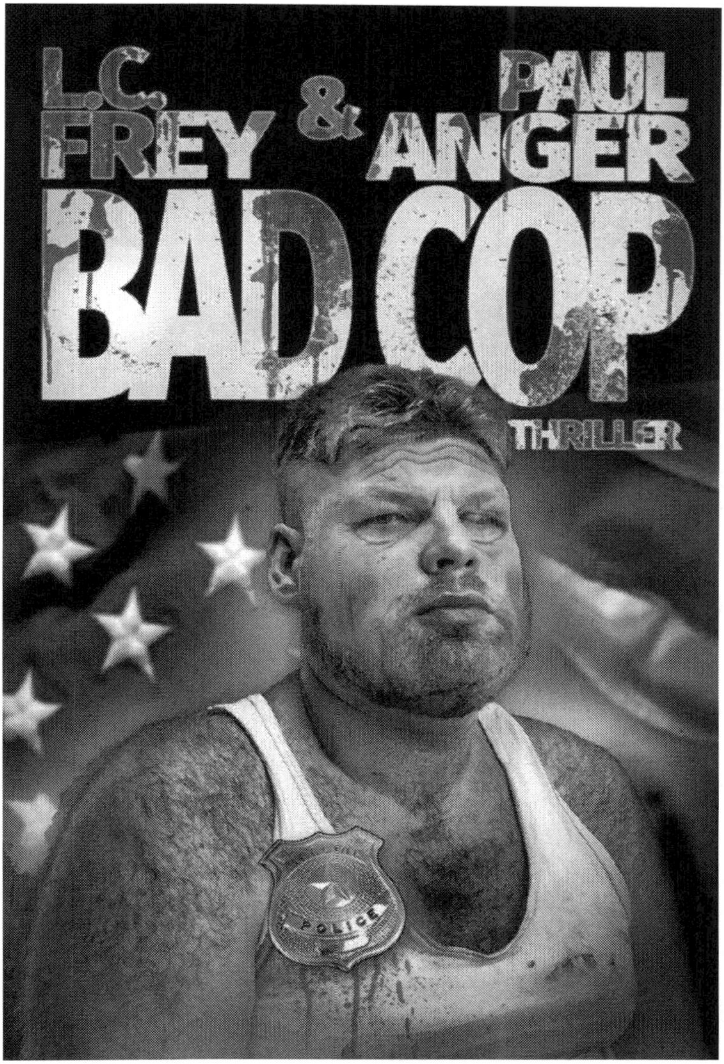

Alternativer Titel und Coverentwurf zu »Herb«. So stellen wir uns unseren »very bad cop« vor. Nett, nicht?

Leseprobe

L.C. Frey **Totgespielt**

PROLOG

Tommy hatte die ganze Zeit an der Tür gewartet. Als es endlich klingelte, deutete er auf das kleine Bildschirmfenster oberhalb des Schlüsselbretts und rief: »Papa, Papa!«, während er aufgeregt in seinem Rollstuhl herumzappelte. Sabine warf einen Blick auf den kleinen Monitor der Gegensprechanlage und lächelte unwillkürlich. Ja, das war Herzog, unverkennbar. Niemand sonst trug einen derart aufsehenerregend hässlichen Ledermantel zu Nike-Turnschuhen. Zumindest niemand, der dieses Ensemble mit einer sechshundert Euro teuren Gucci-Jeans vervollkommnete.

Er hatte sich wohl auch in diesem Jahr Mühe gegeben, sich selbst zu übertreffen, was die Geschenke für Tommy betraf. Die prall gefüllte Sporttasche, die er stolz in die

Kamera reckte, war so riesig, dass sie den Großteil seines Gesichts verbarg, und dahinter ragte eine lächerliche Weihnachtsmannmütze hervor, passend zu seinen knallroten Nikes. Während sie ihrem aufgeregten Sohn abwesend durch die Haare fuhr, drückte Sabine auf den kleinen Knopf, der mit

Öffnen

beschriftet war, und setzte ein unverbindliches Lächeln auf. Tommy gab sich weit weniger Mühe, seine Freude über den Besuch zu verbergen, und auch wenn er bestimmt über Herzogs Geschenke begeistert sein würde, so war es doch das Erscheinen seines Vaters, dem er hauptsächlich entgegenfieberte.

Wenn du das bloß mal kapieren würdest, Herzog, dachte Sabine und lauschte auf die beschwingten Schritte im Treppenhaus, die zu ihnen unterwegs waren.

Dass es nicht nur um dein Geld geht, auch wenn das natürlich hilft.

Doch dann beschloss sie, dass sie Herzog heute, am Weihnachtsabend, mit Predigten dieser Art verschonen würde. Und sich selbst.

Er wummerte dreimal kräftig gegen die Tür.

»Weihna'mann!«, flüsterte Tommy ehrfürchtig und presste dann seine Hände auf den Mund. Sah sie aus weit aufgerissenen, leicht schräg stehenden Augen an.

»Genau«, sagte Sabine, laut genug, dass man es auf der anderen Seite der Tür hören konnte. »Hoffen wir mal, dass wir beide artig waren, was?«

Tommy stimmte ihr eifrig nickend zu.

Lächelnd öffnete Sabine Neuhaus die Tür. Draußen stand Herzog, die Sporttasche hochgereckt, hinter der die blödsinnige Mütze hervorlugte. Machte sich wahrscheinlich einen Riesenspaß aus dieser Weihnachtsnummer.

»Hey«, sagte sie und öffnete die Arme. »Soll ich dir was abnehmen, lieber Weihnachtsmann?«

»Aber gern«, sagte Herzog und drückte ihr die Sporttasche in die Arme.

Als Sabine sein Gesicht sah, erstarrte sie.

24. DEZEMBER

Herzog, 23 Minuten vorher

Es war kaum mehr als eine akustische Randnotiz. Etwas, das sie noch hinten an die Nachrichten quetschten, und das vermutlich auch bloß, weil irgendwer im Sender irgendwem beim Verlag einen Gefallen schuldete.

Gestern Nacht um Punkt zwölf startete der Verkauf des neuen Herzog-Thrillers »Totgespielt«. Der Münchner Autor Andreas Herzog, der Mitte der 2000er Jahre beachtliche Verkaufserfolge mit seinen Romanen »Mädchenaugen« und »Das Schattengericht« erzielte, ist für seine detaillierten und bisweilen recht blutrünstigen Szenen bekannt. Er selbst gab mit einer Lesung den Startschuss für den Verkauf seines neuesten Romans, der identisch mit dem Start der fiktiven Handlung im Buch ist, gerade noch rechtzeitig fürs Weihnachtsgeschäft. Was für eine verrückte Idee!

Kurz nach zehn spielten »Sturmwärts«, unsere allseits beliebten Coverrocker aus München, die im Buch einen kleinen Auftritt haben sollen.

Pünktlich um Mitternacht las Herzog das erste Kapitel direkt im Anschluss an den Auftritt von »Sturmwärts«. Die Kranhalle war mit etwa einhundert eingefleischten Herzog-Fans eher schwach gefüllt, trotz der geschickt getimten Marketingaktion blieben etliche Plätze frei.

Marion vom Wetter hat sich das Buch heute Morgen schon im Buchladen besorgt. Allerdings musste sie sich diesmal nicht durch Reihen kaufwütiger Fans kämpfen, wie das bei Herzogs ersten drei Büchern noch der Fall gewesen war. Sie meint, das Buch sei wie immer gut und knüpfe durchaus an die früheren Erfolge des Autors an. Es wartet allerdings neben den üblichen Psychospielchen und den üblichen Mengen an Blut mit wenig neuen Ideen auf.

Ich frage mich: Wird Herzog seinen Erfolg wiederholen und das Buch wochenlang in den Bestsellerlisten platzieren können wie seine früheren Knaller, oder hat er seine Leser bereits »Totgespielt«? Nun, wir werden sehen.

Okay, das war's mit den Lokalnachrichten. Hier ist für euch der Holger mit dem Neuesten vom Sport, und danach geht's weiter mit den besten Hits und Infos aus München und Umgebung. Gefolgt vom Wetter mit unserer bezaubernden Marion ...

Wütend drückte Herzog auf die Media-Taste am Autoradio und würgte den Sprecher ab. *Eingefleischte Fans,* dachte er, *am Arsch!*

Dann gab er Gas.

Arschlöcher, dachte Herzog, *Arschlöcher allesamt.*

Wie die subtil ihren Spott zum Ausdruck bringen, nachdem sie einem jahrelang für ein Interview in den Hintern gekrochen sind, das ist phänomenal. Ihr hättet Schriftsteller werden sollen, ihr Flachzangen! Seid richtig talentiert, bringt die Message zwischen den Zeilen rüber, ohne dabei allzu verkopft zu wirken, was immer das eigentlich bedeuten soll. Die Kritiker hätten ihre Freude dran. Aber im Gegensatz zu uns freischaffenden Risikoberuflern bezieht ihr ein sattes monatliches Gehalt mit eurer Schmutzschleuderei im Gute-Laune-Dudelradio. Eure zusammengestümperten Sendungen mit der immergleichen Unmusik zwischen den Werbeblöcken hören mehr Menschen, als sich ein Autor je als Leser wünschen kann. Das gibt euch die Macht zu entscheiden, wer gerade hot ist und wer nicht. Wer kommen darf und für wen es langsam Zeit wird, abzutreten.

Ach, fickt euch, dachte er und musste ein wenig kichern ob der Gossensprache, die sich mal wieder seiner Gedanken bemächtigte. *Fickt euch, so schlecht lief es gestern nun auch wieder nicht.*

Das stimmte. Die Kranhalle war nicht ausverkauft gewesen, wohl wahr, aber diese Schmach hatten schon ganz andere Größen einstecken müssen, bevor sie ein gigantisches Comeback hingelegt hatten. Schließlich pilgerte nicht jeder seiner Leser zu einer bescheuerten Lesung. Er selbst hätte es auch nicht getan, schon gar nicht zu einer Lesung von ihm, denn er hielt sich für einen furchtbaren Interpreten und einen noch schlechteren Vermarkter seiner eigenen Werke. Allerdings war das eine Meinung, die weder Urby noch der Verlag und vor allem nicht der Großteil seiner Leserschaft zu teilen schienen, und daher musste dieser Quatsch wohl hin und wieder sein. Promoaktionen eben. Nun, wenn es denn half, das Buch zu verkaufen. *Das* Buch, wie es Urby zu nennen begonnen hatte, und es dann — vermutlich mit Hilfe irgendeines streng geheimen Voodoozaubers — geschafft hatte, der Presse einzureden. *Das* Buch. Der *neue* Herzog. Die Rückkehr zu den Wurzeln. Endlich wieder lehrte der Meister des knallharten Thrillers die Konkurrenz das Fürchten. Bla bla bla. Was für ein Witz.

Aber dennoch war es alles andere als schlecht gelaufen. Herzog hatte sich, wie in alten Zeiten, zwei Drinks gegönnt und eine große Line, und dann hatte er die Sache meisterlich geschmissen. Vermutlich. Denn, wie immer, hatte er hinterher so gut wie keine Erinnerung an seine Lesung. Wie er sich auch kaum jemals an das eigentliche Schreiben seiner Bücher erinnern konnte. Totales Abtauchen in die Twilight Zone. Verschluckt von einem schwarzen Loch in der Realität oder so ähnlich. Aber die Signierstunde war gut gewesen. Schon mal grundsätzlich, weil sie das Ende dieser unsäglichen Lesung markiert hatte, inklusive Standing Ovations einiger der Anwesenden.

Immerhin. Man war zufrieden. So zufrieden, wie die Leser es zuletzt bei *»Vom Tod der Engel«* gewesen waren und diese Veröffentlichung war immerhin schon über sechs Jahre her. Die beiden Versuche dazwischen hatte die Presse gehässig als ‚krampfhaften Versuch eines Bestsellerautors, sich zu einem richtigen Schriftsteller zu mausern' bezeichnet, und er gab ihnen recht, zumindest, was das Adjektiv ‚krampfhaft' betraf.

Was den Rest anging, so hatte Herzog eine wesentlich kürzere Beschreibung parat: *Schrott* — und diese Einschätzung schienen selbst die eingefleischtesten unter den Herzog-Fans zu teilen. Die Rezensionen auf ihren Blogs und bei den Onlinebuchhändlern klangen bemüht und eher so, als wolle man einen ehemaligen guten Freund nicht kränken, nachdem der seinen Zenit überschritten hatte.

Herzog war tatsächlich eine Weile gekränkt gewesen über die allzu harschen Urteile der Kritiker und Fans. Über Urbys verdrehte Augen und über die Weigerung des Verlags, *»Das Windspiel schweigt«* und *»Sommerstille«* ins Hauptprogramm aufzunehmen. Bloß, weil man ‚Roman' draufschreiben musste, um der Wahrheit Genüge zu tun, anstatt wie sonst bei seinen Büchern üblich: »Thriller-Alarm! Nichts für Weicheier! Hardcore-Krimi!« und ähnlichen Mist. Wie auch, es starb ja gerade mal einer in *»Sommerstille«*. Ein Großvater, und der auch noch aufgrund von Altersschwäche. Wahrlich nicht unbedingt der Stoff, der einen die Nägel in die Sessellehne krallen ließ.

Und es gab noch ein, zwei klitzekleine Probleme, die betrafen den Porsche und das Haus, möglicherweise. Das Leben als Topautor war kostspielig, und man konnte es sich nur leisten, wenn man ein Topautor *blieb.*

Aber scheiß was drauf, auf das alles. Jetzt war er wieder da, nicht wahr? Mit *»Totgespielt«* war ihm ein weiterer Herzogscher Thriller-Killer gelungen. Zurück zu den Wurzeln, genau. Heißer und besser denn je. Roh und unverblümt. Herzog is back! Sogar Urby glaubte das. Der

Einzige, der das ganze Ausmaß des Betrugs kannte, war Herzog selbst. Er und Sabine, natürlich.

Herrgott, er war in einem Alter, in dem andere Autoren gerade erst anfingen, einigermaßen wichtige (geschweige denn erfolgreiche) Bücher zu schreiben. Achtunddreißig, ein Altjugendlicher. Ein Mann in der Blüte seiner Jahre, der sich vehement weigerte, sich auch nur einen Tag älter als fünfundzwanzig zu fühlen. Er ging ins Fitnessstudio, hatte volles Haar, und dass es an den Schläfen grau wurde, tat der Attraktivität seiner Erscheinung durchaus keinen Abbruch — eine Tatsache, die sich auch gestern wieder bestätigt hatte. Während diese beschissene, drittklassige Coverband *»Sturmwärts«* ihren Mist runtergedudelt hatte, hatte er Bücher signiert. Genau wie früher, auch wenn die Schlange vielleicht ein klein wenig kürzer war. Wenn schon. Immerhin war da eine Schlange gewesen. Und diese blutjunge Blondine.

Das war nett gewesen, sehr nett sogar. Natürlich hatte die Blondine einen Namen gehabt, bloß welchen? Sie war Studentin, natürlich. Germanistik vielleicht, oder Philosophie? Irgendwas in der Art, von der Einrichtung ihrer Wohnung zu schließen – vom Sperrmüll aufgesammelte Antikmöbel, die Spiegel voller Antifa-Aufkleber und ein Monster von Bücherschrank, in dem sich buchstäblich querbeet alles finden ließ, von Nietzsche bis Dan Brown. Ein bisschen wie sein eigener Bücherschrank, damals. Als er eine ähnliche Wohnung bewohnt hatte, nur eine Winzigkeit kleiner und schmutziger. Na gut, eine ziemlich große Winzigkeit. Die Blondine war hübsch, verteufelt hübsch, auf eine Weise, auf die es nur Studentinnen Anfang zwanzig sein können. Eine Art durchtriebener Naivität: Ein Mädchen, das wusste, was es wollte, aber kaum dem Alter entwachsen schien, da sie es bekam, indem sie eine Schnute zog und ein wenig mit den Wimpern klimperte. Als sie ihm das Buch zum Unterschreiben rüberreichte, hatten sich ihre Finger berührt, und das war kein Zufall gewesen. Grün lackierte Fingernägel. Süß, irgendwie. Also hatte Herzog seinen Stift gezückt und ihr eine Widmung hineingeschrieben, und zwar eine ganz persönliche:

Wir sind dann später im Club Zacharias. Komm doch vorbei, ich will dich tanzen sehen, schönes Mädchen.

Nicht unbedingt die hohe Poesie, fürwahr. Aber es hatte seinen Zweck erfüllt. Er *hatte* sie tanzen sehen, und anschließend hatten sie noch ein bisschen weiter getanzt, in ihrer zugemüllten Studentenbude im Westend. Ihr junger, geschmeidiger Körper hatte mit jedem Quadratzentimeter das gehalten, was ihr engelhaftes Gesicht versprochen hatte. Der Sex war gut gewesen, heftig und leidenschaftlich, auch wenn sie beide da schon ziemlich im Eimer gewesen waren von der Nacht im Zacharias. Das Vögeln hatte für einen Moment Herzogs Gedanken an weniger erfreuliche Dinge vertrieben. Wie zum Beispiel diesen erbärmlichen, fetten Kerl, der hinter dem Mädchen — blond, studentisch, namenlos — in der Schlange gestanden hatte. Hatte ihm sein Exemplar hingestreckt wie eine Waffe und dabei ein Gesicht aufgesetzt, als überreiche er einen Beschwerdebrief. Auf Herzogs aufgesetztes Lächeln und die Frage: »Für wen darf ich es signieren?«, hatte der Kerl irgendetwas Unverständliches in seinen Bart gemurmelt und dabei hektisch auf das Buch gedeutet. Mit Fingern, die nur so von Schmutz starrten. Ekelhaft. Und fett war der Kerl gewesen! Herzog hatte die übliche Belanglosigkeit in das Buch gekritzelt.

Vielen Dank und viel Spaß beim Lesen!

Als der Kerl davongewatschelt war, in seinen braunen, abgewetzten Cordhosen, hatte Herzog bemerkt, dass er die gleichen roten Nike-Sneakers trug, die Herzogs Markenzeichen waren. Erbärmlich. So sahen also die Die-Hard-Herzog-Fans heutzutage aus. Schmutzig, ungepflegt und fett und in etwa so sozial kompetent wie ein Hackklotz.

Vermutlich Hartz-IV-Empfänger und ausgezeichneter Kenner einer erlesenen Sammlung von Billigspirituosen.

Seht her, Leute, das ist der typische Herzog-Leser! Laden wir ihn doch in eine Talkshow ein, damit er uns erzählen kann, was ihn mit der hochgeistigen Literatur des Meisters verbindet.

Immerhin schien er das Buch gekauft und nicht aus irgendeiner Mülltonne gezogen zu haben. Den Verlag würde es freuen, und Urby vermutlich auch. Klar, bei denen tauchten solche Typen ja nicht auf und wollten die dreckige Klaue geschüttelt haben. Herzog signierte weiter, wie eine Maschine, was auch ganz gut der Art und Weise seines Profi-Lächelns entsprach. Als er aufschaute, verschwand die Blonde gerade mit einer Freundin am Ausgang, drehte sich noch einmal zu ihm um und schenkte ihm ein Lächeln. Dieses Lächeln sagte *‚Zacharias'*, und *dass* sie tanzen würde. Und was immer sonst er wollte, das sie tat. Bei Gott, hatte die Kleine einen süßen Po gehabt.

* * *

Herzogs Gedanken wurden jäh durch das Klingeln des Telefons unterbrochen, das mit dem Radio gekoppelt war. Es war ein *Rrrinng!*, wie es typisch für analoge Telefone war, bevor diese begonnen hatten, einen mit unsäglichen Pieptonvarianten von Beethovens Neunter und ähnlichem Unfug zu nerven. Auf dem Flachbildschirm des Gerätes erschien der Name des Anrufers.

Sabine :-(

Den traurigen Smiley hatte Herzog hinzugefügt, als es richtig schlimm gewesen war zwischen ihnen, und dann irgendwie vergessen, ihn wieder zu löschen. Seufzend warf er einen Blick auf seine Rolex. Fünf Minuten nach fünf, und er war noch nicht mal an der Reichenbachbrücke. Er rief: »Annehmen«, das Klingeln verstummte, es knackte und dann war er mit seiner Exfrau verbunden. Eine Tatsache, die für sich genommen nicht einer gewissen Ironie entbehrte, wie Herzog fand.

»Tut mir leid, Bine«, begann er das Gespräch denkbar ungünstig mit einem Schuldeingeständnis. »Ich bin gleich da. Du machst dir keine Vorstellung, was hier los ist. Weiße Weihnacht und das alles, kann kaum die Hand vor Augen sehen.« Was sogar stimmte. Aber natürlich war er auch zu spät losgefahren, wie immer. Was sie natürlich wusste.

»Hallo Andy.« Ihre Stimme klang matt aus den Boxen. Herzog hasste es, beim Vornamen genant zu werden, und Andy ging schon mal gar nicht. Was Sabine fünf Jahre lang mit erstaunlicher Vehemenz ignoriert hatte, erst recht, seit ihre Scheidung durch war. »Ich wollte nur …« O Mann, dachte Herzog und bremste. Sein Vordermann, der Fahrer eines uralten Audi 80, hatte urplötzlich beschlossen, in die Eisen zu steigen, weil die Ampel vor ihm auf Gelb schaltete. »Scheiße!«, rief Herzog, aber der Porsche hatte die Straße gut im Griff, sogar bei zentimeterhohem Schnee. Was man vom Großteil der Münchener Autofahrer nicht behaupten konnte. »Die fahren wie die Idioten hier! Als ob es jedes Jahr zum ersten Mal schneit! Mann!«

»Oh, sorry, ich wollte dich nicht ablenken, Andy.«

»Kein Problem, Bine. Ich hab' ein Headset. Ich kann fahren. Auch wenn ich da scheinbar der Einzige hier bin. Was wolltest du denn?«

»Ich wollte nur wissen, ob du noch kommst. Tommy … er fragt die ganze Zeit nach dir.«

Tommy.

»Na klar komme ich, keine Frage! Und dann machen wir einen drauf, Tommy und ich, sag ihm das, ja?«

Sie kicherte ein bisschen. Es klang schwach und auch nicht ganz echt. Aber es rief die Erinnerung an das hervor, was er an Sabine einst geliebt hatte. Als sie in etwa in dem Alter gewesen war wie das blonde Mädchen gestern.

Herzog schob den Gedanken mit einer unwirschen Kopfbewegung beiseite. »Ich werde allerdings nicht lange bleiben können, Bine.«

»Oh.«

»Ja, tut mir leid. Ich muss dann noch dringend in den Verlag.«

»An Heiligabend?«

»Ja, es geht um das neue Buch, sie haben ein paar Fragen wegen der zweiten Auflage.«

»Zweite Auflage? So gut läuft es? Wow!«

»Klar, Scha … Bine. Du kennst mich doch«, plapperte er fröhlich. *Shit. Das war knapp gewesen.* »Immer auf der Sonnenseite.« *Halt die Klappe, Herzog, halt doch endlich deine verdammte Klappe!*

»Na das freut mich für dich. Also wenn es Umstände macht, können wir auch …«

»Bist du verrückt? Ich komme vorbei. Ich hab's Tommy schließlich versprochen.«

»Okay, schön. Bis dann. Fahr vorsichtig!« Klick, und damit war sie aus der Leitung.

Großartig, dachte Herzog. Du riesengroßer Vollidiot.

Er warf einen Blick auf die schwarze Sporttasche auf dem Beifahrersitz. Natürlich war es eine Lüge gewesen, dass er noch einmal zum Verlag musste. So, wie die Dinge lagen, war das vermutlich auch Sabine klar. Vom Verlagsgeschäft hatte sie nie auch nur das Mindeste verstanden, sah man von Herzogs augenrollenden Beschwerden über die Lahmarschigkeit der dort beschäftigten Dinosaurier ab, auch wenn diese Beschwerden mit zunehmendem finanziellen Erfolg Herzogs immer leiser geworden waren. Die Dinosaurier hatten ihn letztlich gut genährt, sehr gut sogar. Wenn er vielleicht auch nur die Krümel fraß, die aus ihren reißzahngespickten, träge mahlenden Mäulern fielen, so hatten diese Krümel ihm doch eine hübsche Villa und einen fast neuen Porsche 911 beschert. Carrera S, versteht sich. 560 PS, mit denen man auch ganz hervorragend im Stau stecken konnte.

Für Sabine hatte es eine schöne Scheidung gegeben, dachte Herzog bitter. Auch sie lebte schließlich vom Verkauf seiner Bücher, und das nicht schlecht. Herzog war niemals kleinlich gewesen, was die Unterhaltszahlungen betraf, und zum Geburtstag und Weihnachten hatte er für Tommy einen Dauerauftrag eingerichtet, von immerhin eintausend Euro. Jeweils. Kein Grund, sich wegen irgendetwas Vorwürfe zu machen.

Wieso war dann seine gute Laune, die Vorfreuden der Sporttasche betreffend, plötzlich wie weggeblasen? Wieso wäre er dann am liebsten gleich wieder umgedreht und hätte sich in seinem Haus verkrochen, das Telefon abgestellt, in einer kochend heißen Wanne voll Schaumbad und mit einer vollen Flasche Dalwhinnie auf dem Wannenrand?

I'm dreaming of a white christmas, plärrte Bing Crosby aus dem Radio.

Keine Ahnung, dachte Herzog, muss wohl an Weihachten liegen. An der beschissenen weißen Weihnacht.

Auch wenn die Scheibenwischer des Porsche auf Hochtouren arbeiteten, war durch die Scheibe wenig mehr zu erkennen als verschwommenes weißgraues Schneetreiben, erhellt von den kräftigen Xenonscheinwerfern, die scharfe Lichtkegel in das Flocken-gestöber schnitten und versuchten, für so etwas Ähnliches wie klare Sicht zu sorgen.

Die Straße war nun frei von anderen Fahrzeugen. Feiglinge, die bereits zu Hause vor dem Weihnachtsbaum hockten und ihre langweiligen Kleinbürgergeschenke auspackten. Sollten sie doch. Herzogs Hand tastete nach der schwarzen Sporttasche und streichelte sanft die raue

Oberfläche. Sein Geschenk, an ihn selbst. Ein kleines bisschen Ruhe.

Herzog trat aufs Gaspedal und der Porsche beschleunigte mit einem kräftigen Röhren.

Aus: Andreas Herzog, »Vom Tod der Engel: Thriller«

2. Auflage: 450.000 Exemplare

Der Junge ging näher, folgte dem Duft. Öffnete die Tür, obwohl Mama gesagt hatte, er dürfe sie nicht beim Backen stören. Sie hatte sich verändert, seit Papa nicht mehr da war. Aber das war eine Lüge. Papa war nicht einfach nur weg oder für eine Weile verreist oder so. Das hatte er früher auch schon gemacht, sogar häufiger in letzter Zeit, aber da war er jedes Mal zurückgekommen. Diesmal nicht. Wenn Mama auch anfangs traurig über seine tagelangen Ausflüge gewesen war, seit einem Jahr oder so schien es, als hätte sie sich damit irgendwie abgefunden. Achselzuckend. Aber sie hatte ihn belogen. Papa war tot. Das war dem Jungen klar, als er gesehen hatte, dass Mama wieder weinte. Tagelang. Als die Tränen schließlich verebbt waren, war etwas anderes gekommen. Etwas Dunkleres, das Mama gepackt und seitdem nie wieder losgelassen hatte, das in sie eingedrungen war und von ihr Besitz ergriffen hatte wie der Dämon in einem der Gruselfilme, die er heimlich schaute. Auch das hatte ihm Mama natürlich verboten. Vermutlich glaubte sie, er würde sich fürchten und ins Bett machen oder so was. Aber das war selbstverständlich Unfug. Der Junge fürchtete sich kein bisschen vor den Gruselfilmen. Auch nicht vor denen mit Freddy Krueger, dem Mann mit der Krallenhand und dem verbrannten Gesicht. Den mochte er besonders gern, denn er war witzig. Hatte immer diese flapsigen Sprüche drauf, während er die Teenager aufschlitzte.

Aber jetzt, als er die Treppe hinunter in die Küche ging — dorthin, woher der Duft kam, dorthin, wohin zu gehen ihm verboten war — da stellten sich ihm die kleinen Haare im Nacken und an den Unterarmen auf, und etwas in seinem Unterleib zog sich zu einem kleinen, festen Ball zusammen. Vorsichtig schlüpfte er aus seinen Plüschpantoffeln, damit die dicke Gummisohle keinen Lärm auf den Fliesen unten machte.

Dann ging er weiter.

Es war Plätzchenduft, seine Mutter backte. Wie in jedem Jahr um die Weihnachtszeit. So, als sei überhaupt nichts passiert mit Papa. Sogar in dem Jahr, als Papa während der gesamten Feiertage fortgegangen (aber nicht gestorben) war, hatte Mama für sie beide Plätzchen gebacken. Nie durfte er dabei zuschauen oder vom Teig naschen. Aber das machte nichts, die fertigen Plätzchen entschädigten ihn dafür mehr als ausreichend.

Inzwischen hatte er den Fuß der Treppe erreicht und spähte um den Pfeiler des Treppengeländers hinüber zur Küche. Die Tür, stellte er fest, war nur angelehnt. Jetzt bemerkte er auch, was mit dem Duft nicht stimmte. Er war zu herb, zu intensiv. Etwas anderes war darin, etwas Scharfes, Bitteres. Der Junge presste den Ärmel seines Pyjamas vor Mund und Nase und ging weiter.

Auf den Duft, auf die angelehnte Küchentür zu.

Auf Mama zu.

Als er die Tür erreicht hatte, war aus dem Duft ein schwerer, intensiver Gestank geworden. Er öffnete die Tür und ihm quoll schwerer, beißender Rauch entgegen. Schwarzer Rauch, der aus den Spalten des Gasherds drang.

Die Plätzchen!

Noch während der Junge diesen Gedanken hatte, wieder und wieder in einer absurden Schleife, wie eine Schallplatte mit einem Sprung,

Die Plätzchen ...

starrte er auf den Körper, der in der Mitte der Küche von der Decke hing.

... Sie sind alle ...

Dort, wo sonst die Küchenlampe war. Den kleinen Bastkorb, der als Lampenschirm diente, hatte Mama abgenommen und säuberlich auf das karierte Tischtuch des Küchentischs gelegt. Des Tisches, an dem sie damals, in guten Zeiten, gemeinsam gegessen, miteinander gesprochen und gelacht hatten. Vor langer Zeit. All diese Gedanken schossen durch den Kopf des Jungen wie flinke, kleine Fische in einem trüben Teich. Silbrige Körper, die auftauchten und blitzschnell wieder verschwanden, ohne erkennbaren Zusammenhang.

... Die Plätzchen sind alle verbrannt.

Das Bein seiner Mutter zuckte noch einmal, und ihr Pantoffel flog von ihrem Fuß, als schüttele sie ihn unwillig ab.

Fort mit dir, denn ich brauche dich nicht mehr!

Nie wieder!

Dann war sie still. Schwankte nur noch leicht hin und her, baumelte an dem Seil, das sie sich aus dem Kabel der Lampe gemacht und um den Hals gelegt hatte, bevor sie vom Esstisch gesprungen war.

Er starrte auf den Körper seiner Mutter, bemerkte, dass etwas an der Innenseite ihrer Schenkel entlanglief und zu Boden tropfte. Er unterdrückte ein schrilles Lachen, indem er sich den Pyjamaärmel fester auf den Mund drückte, und so kam nur ein gedämpftes Glucksen hervor.

Mama fürchtete sich ebenfalls, hatte sich offenbar ganz gewaltig gefürchtet, der Sauerei auf dem Küchenboden nach zu urteilen. Seine Augen tränten von dem beißenden Qualm, der die Küche erfüllte und ihm den Atem nahm, aber das störte ihn nicht. Er starrte bloß auf die Leiche, die echte Leiche seiner Mutter, die da vor ihm hing. Er empfand keine Trauer, keine Furcht und kein Entsetzen.

Was er spürte, war Faszination.

Das hier war besser als die Freddy-Filme.

Weil es echt war.

Etwas tief in ihm war gerufen worden, und nun hob es seinen Kopf an die Oberfläche seines Bewusstseins wie ein Urtier, das vom Grund eines stillen Sees auftauchte. Der Junge sah an sich hinab und bemerkte, dass eine seiner Hände in seinen Pyjamahosen steckte und dort reibende Bewegungen vollführte. Er schaute nur einen Augenblick hin, dann zuckte sein Blick zurück zu dem baumelnden Körper. Während seine Bewegungen heftiger wurden, und seine Lunge gegen die erstickenden Gase ankämpfte, hatte er nur Augen für das eine Objekt seiner Begierde.

Für seine erste Konfrontation mit dem ultimativen Gefühl.

Später würde er noch sehr oft an diese erste Begegnung mit dem Tod zurückdenken. Ihm würde klarwerden, dass er damals, in diesem Moment, den Tod bei der Arbeit beobachtet hatte. Live und in Farbe. Und der Tod hatte ihn, im Gegensatz zu seiner Mutter beim Plätzchenbacken, zuschauen lassen. Ihm würde klar werden, dass dies ein gewaltiges Privileg war, nur wenigen vorbehalten.

Er würde beginnen, die Arbeit des Todes zu tun — auf der Suche nach jenem ultimativen Gefühl, das sein Denken im Laufe der Jahre auszufüllen begann wie ein Luftballon, den jemand in seinem Kopf aufblies. Größer und immer größer, bis es nur noch den Ballon in seinem Kopf gab. Das ultimative Gefühl. Das ihn schweben ließ. Aber so oft er sich auch bemühte, nie wieder würde das Gefühl so intensiv sein wie an jenem ersten Tag in der Küche.

*

Ende der Leseprobe

Leseprobe

Paul Anger

Böses Mädchen - Totes Mädchen

Prolog. 1999.

Der Junge kann das Messer kaum in seiner kleinen Hand halten, immer wieder droht es ihm zu entgleiten, während er heulend dasitzt, und sich abmüht, die Klinge in das weiche Fleisch des noch warmen Körpers hineinzustoßen. Seine Hände sind bis zu den Unterarmen rot und klebrig von dem Blut, das aus der klaffenden Wunde spritzt. Die Tränen lassen alles vor seinen Augen zu einem blutroten, matschigen Albtraum verschwimmen. Aber der Junge muss weitermachen, darf nicht aufhören. Er ist noch lange nicht fertig.

Und er kriegt die Augen nicht aus dem Kopf. Große, dunkle Augen, voller Intelligenz, die ihn angeschaut haben, fragend und ... verzweifelt? Augen, die niemandem je etwas Böses gewollt haben. Das Schlimmste ist aber, dass der Junge selbst die Beute entdeckt hat. Warum hatte er bloß die Klappe nicht halten können? So schön hatte sie ausgesehen wie sie da so stand, würdevoll und friedlich.

Dann hat Karl ihr in den Bauch geschossen. Der Junge hat sich die Ohren zugehalten, als der Schuss losging. Sie war sofort auf der Lichtung zusammengebrochen und liegengeblieben, und ihre schlanken Beine hatten in der Luft gezuckt, während sie starb. Aber Karl hatte so geschossen, dass sie nicht gleich tot war. Das musste der Junge erledigen, und zwar aus unmittelbarer Nähe. Er hatte dem Jungen erklärt, dass sie von dem Bauchschuss furchtbare Schmerzen leiden muss. *Weil sich jetzt die Scheiße aus ihren Gedärmen mit dem Blut in ihren Adern vermischt,* hatte Onkel Karl gesagt und dabei hässlich gegrinst. Und dass der Junge ihr eine Gnade erweisen würde, wenn er ihr Leiden beendete.

Und dass es allein in seiner Hand lag, wie lange dieses Leiden dauern würde.

Als sie heran waren, hatte sie den Hals gereckt und ihn angeschaut, hatte stumm und stolz seinen Blick erwidert, mit diesen großen, schönen Augen, und ein leises, verzweifeltes Fiepen ausgestoßen. Das war alles, zu dem sie jetzt noch in der Lage war. Karl hatte den Griff des Hirschfängers in seine Hand gedrückt und ihn gezwungen, eine Faust darum zu machen. Da waren dem Jungen die Tränen gekommen und er hatte nichts dagegen machen können.

»Verdammt nochmal«, schimpft Onkel Karl, »Jetzt pack das verfluchte Ding doch mal richtig an! So, und so!«

Karl zeigt dem Jungen, wie man es machen muss. Seine große, schwielige Faust schließt sich um die Hand des Jungen, die komplett darin verschwindet. Mit einem Hieb stößt er das Messer hinein, und die Hirschkuh zuckt noch ein letztes Mal, als es tief zwischen die Knochen ihres Brustkorbs fährt und in ihr Herz eindringt. Das müssen sie ein paar Mal machen, bis sie gar nicht mehr zuckt. Immer neues Blut schießt aus den Löchern, die die breite Klinge in den schlanken Körper reißt, bespritzt Arme und Gesicht des Jungen. Aber schließlich bäumt sich das Tier ein letztes Mal auf und liegt dann ganz still.

Onkel Karls Hand reißt das Messer in der Faust des Jungen mit einem Ruck zurück und nach unten — ein mächtiger Schwall Blutes schwappt aus der offenen Wunde. Es ist dick und dunkelrot, beinahe zähflüssig und es riecht ein bisschen streng.

Das muss die Scheiße sein, aus ihren Gedärmen.

In diesem Moment schießt etwas in dem Jungen nach oben, und er weiß, dass er jetzt verloren ist, weil er es nicht aufhalten kann, das ist einfach unmöglich. Im letzten Moment wirft er sich zur Seite, aber er schafft es nicht mehr ganz. Dann ist die Wärme in seinem Mund und es ist aus. Ein breiter Strahl ergießt sich aus dem Mund des hilflos zuckenden Jungen, Erbrochenes klatscht auf den Körper des getöteten Tieres, auf seine Hände und den Waldboden.

»Och, du Schwein! Was für eine verdammte Sauerei!«, tobt Onkel Karl und schlägt nach dem Jungen. »Was bist du bloß für eine elende Drecksau, verdammt nochmal?«

Während der Junge zuckt und sich windet und einfach nicht aufhören kann, sich zu übergeben, kommt ihm der Gedanke, dass die Hirschkuh vielleicht ein Junges gehabt hat. Es wäre die Zeit dafür. Schonzeit, das hat Onkel Karl ihm einmal erklärt, da muss man besonders aufpassen und sich nicht beim Jagen erwischen lassen. Doch er kommt nicht dazu, den Gedanken weiterzuverfolgen, denn in diesem Moment saust die große Hand seines Onkels herab und verpasst ihm eine schallende Ohrfeige, die den Kopf des Jungen zur Seite wirft, und ihn hart auf den Boden aufschlagen lässt. Das Messer fliegt in hohem Bogen davon. Dann ist Karl über ihm und bearbeitet ihn mit seinen riesigen Händen. Wie die Schaufeln eines Baggers, die unaufhörlich auf den Jungen einprasseln. Er packt den Kopf des Jungen an einem Büschel Haare, reißt ihn herum und drückt sein Gesicht in das Erbrochene, um damit die klebrige Masse vom weichen, warmen Körper des erlegten Tieres zu wischen.

»Beschissene Heulsuse!«, flucht Karl lauthals. »Dir werd ich zeigen, die Beute vollzukotzen.«

Der Junge würgt erneut, denn das klebrige Zeug ist jetzt überall auf seinem Gesicht, es brennt in den Augen und verstopft seine Nase. Der säuerliche Geruch, der sich mit der Ausdünstung aus dem blutenden Tierkörper vermischt, ist nicht auszuhalten. Aber da ist nichts mehr, das der Junge jetzt noch hochwürgen könnte. Onkel Karl wirft sich rittlings auf seinen schlanken Körper, irgendetwas knackt in der Brust des Jungen wie ein kleiner Zweig. Der Junge krümmt sich — rollt sich zusammen wie ein Baby, das zurück in den Bauch seiner Mutter will, und genau das würde er jetzt am Liebsten tun. Bloß ist seine Mutter tot und sein Vater auch — außer Onkel Karl gibt es niemanden mehr, der sich für den Jungen interessiert. Schluchzend erträgt er auch diesmal die Schläge und Beschimpfungen, wie so oft vorher, bis Onkel Karl schließlich irgendwann selbst genug davon hat. Nach einer Ewigkeit steht sein Onkel keuchend und schwitzend auf, verpasst ihm noch einen letzten Tritt in den Bauch und besieht sich dann zufrieden sein Werk. Das rechte Auge des Jungen ist komplett zugeschwollen, er sieht ein bisschen aus wie ein Profiboxer, der richtig was eingesteckt hat. Seine Augenbraue ist mehrfach geplatzt und dünne Rinnsale von Blut laufen über sein Gesicht. Blut rinnt aus seinem rechten Ohr und aus seiner Nase auf seine aufgeplatzten, angeschwollenen Lippen. Die Nase ist vielleicht gebrochen, vermutet Karl, aber das ist nicht weiter schlimm. Nichts, das ihm in diesem Alter nicht auch schon passiert wäre, bei der einen oder anderen Rauferei, wie es sich eben für richtige Jungen gehört, denkt Karl. Sein Vater war immerhin auch nicht gerade zimperlich, der hatte sich extra einen Gürtel gemacht mit Eisenbeschlägen — Karl kann heute noch die Narben auf seinem Hintern vorweisen, die diese Art der Erziehung mit sich gebracht hatte. Und manchmal, wenn er besoffen war, hat Karls Vater noch ganz andere Dinge mit dem Hintern seines Jungen angestellt. Aber das heißt bestimmt nicht, dass Karl eine Schwuchtel oder sowas ist. Immerhin ist aus ihm keine Heulsuse geworden, oh nein. Der Junge dagegen muss noch viel lernen.

Karl packt sich ein Haarbüschel am Hinterkopf des Jungen, der jetzt nur noch leise wimmert, gelegentlich unterbrochen von einem schleimigen Schniefen aus seiner gebrochenen Nase.

Wird schon wieder zusammenwachsen, denkt Karl. *Aber auf das Wild zu kotzen, wo hat man sowas schon gesehen!*

Dann zerrt er den Jungen auf die Knie, der sich sofort mit einem schmerzerfüllten Quieken an die Seite fasst, wo ihn Karls Stiefeltritte drei Rippen angebrochen haben.

»Hol dein Messer«, knurrt Karl.

Der Junge kriecht los in Richtung des großen Jagdmessers. Als er zurückkommt, weint er nicht mehr. Er starrt zu Karl hoch, das blutige Messer in der Hand, blickt ihn emotionslos aus seinem gesunden Auge an.

Sehr gut, denkt Onkel Karl.

Der Blick des Jungen ist nicht länger weich und verheult wie zuvor. Die Tränen haben scharfe, helle Spuren auf dem zerstörten Gesicht des Jungen hinterlassen, aus seiner Nase hängt ein langer Faden blutigen Schleims. Blut und Kotze sind zu einem Brei vermischt und gleichmäßig auf Armen, Gesicht und Oberkörper des Jungen verteilt.

Gut so. Der Junge, findet Karl, *beginnt allmählich wie ein Mann auszusehen. Noch ein paar Lektionen dieser Art und er würde glatt als einer durchgehen.*

»Na los«, sagt Karl und deutet auf den Körper der Hirschkuh. Der Junge macht sich schweigend ans Werk. Diesmal stößt er das Messer ohne Zögern in die weiche Bauchdecke des Tieres und säbelt sie in ungeschickten kleinen Schnitten auf. Karl schaut zu und unterbricht ihn nicht, auch wenn der Junge sich noch ziemlich ungelenk bei dieser Arbeit anstellt. Er wird den Bogen bald raus haben, da macht sich Karl keine Sorgen. Der entscheidende erste Schritt ist gemacht, der Rest ist Beiwerk. Der Junge wird es schon noch lernen.

Der Beginn. 2010, im Spätsommer.

»Das ist bestimmt ein Perverser«, flüsterte Kati und nickte in Richtung des alten Kerls, der eben durch die Ladentür in den kleinen Verkaufsraum der Tankstelle getreten war. Er war ihnen schon vorhin aufgefallen. Da hatte er noch draußen gestanden, die beiden Mädels in ihren knappen Wandershorts aber nicht aus den Augen gelassen, seit sie aus dem Auto gestiegen waren »Sieh doch nur, wie der uns anstarrt. Du möchtest bestimmt nicht wissen, was sich da gerade in seinem Kopf abspielt.«

»Ach, Kati, du bist widerlich«, flüsterte Beate zurück, und musste trotzdem ein bisschen kichern. »Nicht jeder denkt immer nur an das Eine, so wie du.«

»Na, der aber ganz bestimmt, das seh ich doch.« Der zerlumpte Typ trug etwas, das wie Jagdklamotten aussah, das aber ebenso gut irgendwelche Sachen aus dem Kleidercontainer sein mochten. Vielleicht einer von den Freizeitjägern, die sich manchmal hier in der Gegend herumtrieben, obwohl das Jagen hier natürlich verboten war, und ganz besonders in der Schonzeit, wenn das Rotwild mit dem Nachwuchs trächtig war. Aber gerade das machte die Aussicht auf fette Beute in den Augen der skrupellosen Jäger natürlich umso verlockender. Der Bart des Mannes war grau und struppig, seine linke

Gesichtshälfte wurde von fettig glänzendem Narbengewebe entstellt. Und seine Augen ... irgendetwas Stechendes lag darin, bemerkte Beate, vielleicht war er ja nicht ganz richtig im Kopf. Der Alte schlurfte zur Bar, während sein seltsamer Blick ihnen folgte. Beate versuchte ein Lächeln, doch der Mund des Penners verzog sich zu einem Ausdruck des Abscheus, als habe er soeben zwei Vertreter einer besonders widerwärtigen Insektenart erblickt. Dabei legte er den Blick auf etwas dunkelrotes frei, in dem jede Menge Zähne fehlten. Beate sah schnell woanders hin.

»Wir brauchen noch Kekse«, sagte sie zu Kati und begab sich auf die Suche danach. »Oh, Mann, nur dieses super ungesunde Zuckerzeugs«, murmelte sie kopfschüttelnd, »Nicht mal einen Müsliriegel haben die hier. Und wo bleiben eigentlich die Jungs?«

»Was willst du denn mit Keksen?«, fragte Kati und zog stattdessen eine große Flasche Whiskey aus einem der Regale, und dazu eine Dose Schlagsahne. »Das ist das Zeug, das wir brauchen, das gute Zeug, verstehst du?«

»Was willst du denn damit anstellen?«, wollte Beate wissen und warf einen skeptischen Blick auf den Alkohol. Ziemlich starkes Zeug. Ihr war jedenfalls nicht klar, wozu billiger Whiskey und Sprühsahne zu gebrauchen sein sollten. Soweit sie wusste, war beides so ziemlich das Gegenteil von gesunder Ernährung. Wenn Kati so weitermachte, würde sie in ein paar Jahren eine fette Alkoholikerin sein. Schließlich blieb auch sie nicht bis in alle Ewigkeit Zwanzig.

»Wirst du schon sehen, Süße«, versprach Kati, »Und dann wirst du froh sein, dass ich das Zeug eingepackt habe.«

»Wenn du meinst«, sagte Beate immer noch zweifelnd und fuhr dann fort, sich durch das magere Angebot an Keksen und anderen ungesunden Snacks zu wühlen, auf der

Suche nach etwas, das außer Zucker zumindest noch ein paar Nährstoffe enthalten würde.

Der alte Mann hatte sich inzwischen an der Theke auf einen der Barhocker gesetzt, wo ihn der Verkäufer und ein paar seiner Freunde skeptisch aber wortlos beäugten. Die größtenteils übergewichtigen Männer in Jeans und karierten Flanellhemden , lungerten auf den abgewetzten Polstern von Barhockern herum, die mindestens so alt zu sein schienen wie sie selbst. Sie trugen ölverschmierte Baseballkappen, unter denen strähniges, ungepflegtes Haar hervorschaute.

Holzfäller vielleicht, dachte Beate, aber dann verwarf sie den Gedanken.

Der umgebende Wald stand doch komplett unter Naturschutz, hier durfte schon seit den achtziger Jahren kein Holz mehr geschlagen werden. Das hatte sie schließlich erst letzte Woche während der Vorbereitung auf ihr Referat gelernt. Dann waren es vielleicht Trucker oder so was. Oder vielleicht hatten sie auch nur Spaß dran, wie welche auszusehen.

Aber wen interessierte das letztlich, dachte Beate, *sollten sie doch aussehen, wie es ihnen gefiel, auch wenn ihr ungepflegtes Äußeres nicht gerade vertrauenerweckend wirkte. Oder vielleicht schon, zumindest im Vergleich zu dem älteren Streuner in den viel zu großen Flecktarnklamotten. Vermutlich hatte Michael Recht, wenn er sie damit aufzog, dass sie sich immer zu viele Gedanken um Sachen machte, die sie eigentlich gar nichts angingen.*

Währenddessen war Kati zum anderen Ende des kleinen Verkaufsraums gestapft, und hatte die Schlagsahne und den Whiskey auf das abgenutzte Brett gestellt, das dort als provisorische Theke diente. Der Wirt warf einen Blick auf die beiden Sachen, tippte etwas in eine uralte Registrierkasse und sagte dann: »Macht zwei Euro.« Kati legte verwundert einen Fünf-Euro-Schein auf die Theke und griff nach der Sahne und dem Whiskey. Doch der Verkäufer war schneller. Bevor sie danach greifen konnte, hatte er schon seine Faust um den Hals der Whiskeyflasche geschlossen. Sie bewegte sich kein Stück, als Kati daran zog.

»Der bleibt hier«, sagte der Wirt und sah seine grinsenden Kumpane triumphierend an, »Bisschen zu hart für euch beiden Hübschen.«

Daraufhin brachen seine Kunden an der Bar in Gelächter aus, aber in ihrem Lachen lag nicht eine Spur von Freundlichkeit. Der einzige, der nicht lachte, war der alte, zahnlose Penner mit den stechenden Augen. Der saß am anderen Ende der Bar hinter einem Kaffee, den ihm der Wirt in einer schmutzigen Tasse ohne Henkel hingestellt hatte und ließ seinen Blick unablässig über Katis Körper gleiten, wobei sich wieder der altbekannte Ausdruck der Verachtung über sein Gesicht gelegt hatte.

Er schüttete einen Berg Zucker in seine Tasse und rührte mit seinem schmutzigen Zeigefinger darin herum, ohne hinzusehen. Er war jetzt völlig konzentriert auf Katis kurze Jeansshorts, beziehungsweise das, was darunter zum Vorschein kam — Katis braungebrannte, schlanken Beine.

Musstest du denn unbedingt das kürzeste Kleidungsstück anziehen, das du finden konntest?, dachte Beate.

Aber so war Kati nun mal. Die zerrissenen Jeans endeten gut zwei Fingerbreit über dem Ansatz ihrer Porundung und ihr bauchfreies Top machte es praktisch unmöglich, den Blick von ihrem Nabelpiercing abzuwenden. Was ihr sehr wohl bewusst war.

Kati lächelte den Verkäufer breit an, und Beate, die wusste, was jetzt kommen würde, nahm schnell irgendeine Packung Kekse und bewegte sich ebenfalls auf die Theke zu. Aus dem Augenwinkel bemerkte sie, dass der Penner seine stechenden Blicke nun auch über ihren Körper wandern ließ, während er den Kopf zurücklegte und sich ein ganzes Päckchen Zucker in den Mund schüttete, um es dann schmatzend zu verspeisen. Kati hatte sich inzwischen vor dem Verkäufer aufgebaut, der sie dennoch um mindestens einen Kopf überragte.

»Ich nehme das jetzt mal als Kompliment, aber ich bin Zwanzig«, sagte Kati mit Bestimmtheit. »Dürfte ich also jetzt bitte diesen Fusel da haben?«

»Ausweis«, knurrte der Wirt. Das mit dem Fusel schien bei ihm gar nicht gut anzukommen.

»Der ist im Auto.«

»Dann hol ihn.«

»Geht nicht, das Auto ist zu und unsere Freunde sind auf dem Klo.«

»Welchem Klo?«, wollte der Wirt wissen. Seine Freunde lachten wieder. Alle, außer dem Penner, der geräuschvoll den Rest seines Kaffees in sich hineinschüttete.

»Was weiß ich«, antwortete Kati auf die Frage des Wirts, »Dann sind sie eben in den Wald hinterm Haus gegangen oder was auch immer. Ist ja auch egal. Kann ich jetzt das Zeug da haben?«

Wortlos stellte der Wirt den Whiskey unter die Theke. Aus Katis Reichweite, wenn sie nicht über die Theke springen wollte. Was den Kerlen sicherlich gefallen hätte, sie da so in ihren Minishorts zappeln zu sehen.

»Was soll's bei dir sein?«, fragte der Wirt, für den das Thema Kati und Whiskey damit offenbar abgeschlossen war, und überraschte Beate mit seiner plötzlichen Aufmerksamkeit derart, dass sie gar nicht gleich mitbekam, dass er sie angesprochen hatte, bis sie seinem ungeduldigen Blick begegnete.

»Hallo«, fragte er, »Jemand zu Hause?«, was erneut von brüllendem Gelächter seiner Barkumpels kommentiert wurde.

»Oh, Entschuldigung!«, sagte Beate, wobei sie sich nicht ganz sicher war, wofür sie sich da eigentlich entschuldigte. Dann legte sie die Packung Kekse auf den Tresen, während Kati sich demonstrativ an die Theke lehnte, offenbar nicht gewillt, diese ohne den Whiskey zu verlassen.

»Macht Fünf Fuffzig.«

»Was? Für eine Packung Kekse?«, staunte Beate. »Und ... und die sind sogar schon über dem Verfallsdatum.«

»Sechs fuffzig, dann.« Jetzt brachen die Holzfällertypen beinahe in hysterisches Gegacker aus. Das hier fanden sie offenbar sogar besser als Fernsehen.

»Ach, Mann, echt jetzt?«, fragte Beate genervt, griff aber trotzdem nach ihrer Geldbörse. Vielleicht schaffte sie es ja, zu bezahlen, bevor der Preis des Gebäcks auf über zehn Euro geklettert war.

»Du wirst das doch nicht bezahlen wollen?«, mischte sich Kati ein.

»Also ...«

»Also jetzt hören Sie mal«, wandte sie sich energisch an den Wirt, »Wenn Sie mir den Whiskey nicht verkaufen wollen, dann brauch ich auch die Sahne nicht. Hier! Ich will mein Geld zurück, und diese vergammelten Kekse können Sie sich in Ihren ... na Sie wissen schon.«

Der Wirt deutet grinsend auf ein Schild, das von einem Ende des beeindruckenden Hirschgeweihs hinter ihm hing. »Kein Umtausch«, stand darauf in ungelenken Buchstaben.

»Lustig«, sagte Kati. »Na schön. Aber ich hoffe jedenfalls, dass ihr kleiner Scheißladen demnächst Pleite geht.« Die buschigen Augenbrauen des Wirts zogen sich zusammen. Er deutete auf ein anderes Schild hinter sich: »Nicht fluchen!«

»Scheiß was drauf«, sagte Kati und stützte die Hände in die Seiten, während sie trotzig das Kinn vorrückte. Dann sprach sie, ganz ruhig, und schien jedes Wort genießerisch auszukosten: »Aber wissen Sie was? Ich glaube, dass Sie mit diesem ganzen Scheißdreck nur versuchen, den bekackten Preis für Ihren vergammelten Mist hier in die Höhe zu treiben. Jetzt sagen Sie schon, was Sie für dieses verfickte Scheißgesöff haben wollen, gottverflucht nochmal.«

Der Wirt starrte sie aus aufgerissenen Augen an. Er war kalkweiß. Zwei hektische rote Flecken hatten sich auf seinen wabbeligen Wangen gebildet.

»Haben Sie mich jetzt vielleicht besser verstanden?«, erkundigte sich Kati seelenruhig.

»Du ...«, sagte der Verkäufer und langte über die Theke nach Kati, die ihm problemlos auswich. Der Verkäufer war ziemlich fett und entsprechend träge. Und er war außerdem stinksauer.

»Verdammtes Gör!«, stieß er hervor, »Dich werd ich ...«

In diesem Moment erklang das kleine Glöckchen über der Tür.

»Gibt's hier Probleme?«, wollte Tobias wissen, der soeben mit Michael durch die Tür getreten war.

»Außer, dass ihr mir an meinen Laden pisst und diese kleine Nutte hier ...«

Mit einem Schritt war Tobias bei dem Wirt. Als er sich vor dem Mann aufbaute, hatte das einen beeindruckenderen Effekt, wie jedesmal. Tobias war in der Fußballmannschaft der Uni, er besuchte das Fitnessstudio fast täglich und nun war er es, der sein Gegenüber um einen guten Kopf überragte. Was dem Wirt wohl auch gerade aufging. Wie auch die Tatsache, dass ihn die fetten Karohemdenträger an der Theke in keiner Weise unterstützen würden, wenn sie dabei Gefahr liefen, sich mit einem durchtrainierten Jugendlichen anzulegen und selbst etwas abzubekommen. Das war etwas völlig anderes, als zwei Studentinnen zu belästigen und dumm anzumachen.

»Erstens«, legte Tobias dem Wirt sachlich dar, »haben wir nicht an Ihr *Haus* gepisst, sondern in den Wald. Es gibt ja wohl kein Gesetz dagegen, oder?«

Zögernd schüttelte der Wirt den Kopf.

»Ich glaube aber«, fuhr Tobias fort, »dass es ein Gesetz gibt, das Ihnen vorschreibt, eine öffentliche Toilette zur Verfügung zu stellen, wenn Sie hier einen Barausschank betreiben.« Er deutete auf die Kaffeetassen der Männer an der Bar. Die ganz eindeutig nach Kaffee mit Schuss rochen. Mit mächtig viel mehr Schuss als Kaffee.

»Was bist du, 'n Rechtsanwalt oder sowas?«, knurrte der Verkäufer, jetzt aber doch ein bisschen kleinlaut.

»Noch nicht«, antwortete Tobias grinsend. Er studierte Jura im sechsten Semester. Und er war ziemlich gut, einer der Besten seines Jahrgangs. »Aber ich bin ein ganz Schlauer, wissen Sie das? Es kostet mich einen Blick auf mein Telefon, die Nummer vom Gesundheitsamt herauszusuchen. Und wenn ich mir ihren Laden hier so ansehe ...« Er ließ einen vielsagenden Blick über die fettverschmierte Theke und die staubigen Spinnweben gleiten, die aus dem Gitter der defekten Lüftung hingen.

Der Verkäufer sagte nichts mehr, starrte ihn einfach nur aus zusammengekniffenen Augen an. Beate warf einen raschen Blick auf den Penner mit den unheimlichen Augen. Der war mit seinem Kaffee fertig und leckte jetzt die Tasse aus. Kleine feuchte Tröpfchen bleiben in seinem struppigen Bart hängen. *Widerlich.* Tobias' Unterhaltung mit dem Wirt schien er überhaupt nicht wahrzunehmen. Er war nach wie vor damit beschäftigt, hemmungslos auf Katis Hintern zu starren, der ihn aus ihren Shorts heraus förmlich ansprang. Beate bemerkte bröselige Flecken auf dem Schritt der abgewetzten Armeehose, die der Penner trug. Angewidert wandte sie sich ab. Sie wollte plötzlich nur noch hier raus, die Kekse und der Whiskey waren ihr mittlerweile völlig egal.

»Kommt«, sagte sie leise, »lasst uns gehen.«

»Gleich«, sagte Michael, der zu Beate getreten war. Natürlich. Tobias würde es durchziehen, und Michael würde ihn nicht davon abhalten. Michael legte sanft einen Arm auf Beates Schulter. Das war besser. Er beobachtete die ganze Szene bestenfalls mit mildem Interesse, bereit einzugreifen, falls es nötig wurde. Auch wenn man ihm die Muskeln nicht so ansah wie Tobias, war er doch ebenfalls sehr sportlich, wie Beate sehr wohl wusste. Inzwischen hatten sie Tobias und Michael oft genug in ähnlichen Situationen erlebt. Und üblicherweise gingen diese Situationen genau so aus, wie Tobias sich das vorstellte. Kein Wunder bei diesem Körperbau. Michael bewahrte ihn lediglich davor, irgendwann einmal eine richtig große Dummheit zu begehen, wenn er provoziert wurde.

»Der Whiskey«, sagte Tobias und widerwillig stellte der Verkäufer die Flasche zurück auf die Theke. »Sehr schön«, kommentierte Tobias. »Und jetzt die Kekse. Was schulden wir Ihnen?« Manchmal drückte er sich so geschwollen aus, dass es fast zum Lachen war. Nur tat er das selten in Situationen, die einen wirklichen Lacher hergaben.

»Fuffzehn«, sagte der Wirt beinahe trotzig.

»Aha. Zehn Euro, also. Gut.«, sagte Tobias, als hätte er nicht richtig verstanden. Was er natürlich sehr wohl hatte.

»Fuff ...«, versuchte der Wirt nochmal, fing sich aber von Tobias einen Blick ein, der ihn augenblicklich verstummen ließ.

Tobias legte einen Zehn-Euro-Schein auf die Theke und nahm sich Whiskey und Kekse. Ohne ein weiteres Wort ließ er den Wirt stehen.

»Kommt ihr?«, fragte er in die Runde, und dann gingen sie. Als sie beinahe draußen war, glaubte Beate zu hören, wie der Wirt irgendetwas von »Arschgesicht« murmelte. Aber so leise, dass Tobias es nicht hörte. Kati hatte ihm derweil einen Arm um die Hüfte gelegt und kuschelte sich lachend an ihn. »Was für ein Penner!«, rief sie über ihre Schulter zurück. Und sie rief es *ganz bestimmt* laut genug, damit der Wirt es hören konnte.

Als sie den Wagen erreicht hatte, begann Kati, ihre Einkäufe in ihrem Rucksack zu verstauen und beugte sich dabei demonstrativ ins Wageninnere, wobei sie ihren Po herausstreckte, dessen Rundung in den knallengen Jeans so noch ein bisschen besser zur Geltung kam. Tobias verpasste ihr einen kräftigen Klaps auf das dargebotene Hinterteil, sie kicherte und rief aus dem Wageninneren: »Pass auf, dass du dir nicht die Hand brichst, großer Junge!«, woraufhin sich besagte Hand wie selbstverständlich zwischen ihre Schenkel drängte, was sie ebenfalls nicht im Geringsten zu stören schien, obwohl sie hier in aller Öffentlichkeit waren. Beate drückte die Kekse Michael in die Hand. »Hey«, sagte sie leise, »Ich glaube, ich muss auch noch mal fix in den Wald, bevor wir weiterfahren.«

»In Ordnung«, sagte Michael, »Aber beeil dich, ja? Wir sollten von hier verschwinden.«

»Okay.«

Beate lief in Richtung Wald, an dem Haus vorbei und warf im Vorübergehen einen flüchtigen Blick durch die schmutzige Scheibe in das Halbdunkel des Verkaufsraums der Tankstelle. Der Verkäufer war vollauf damit beschäftigt, wild zu gestikulieren, während er düstere Blicke zu den Jugendlichen beim Wagen warf. Vermutlich erzählte er seiner verbliebenen Kundschaft gerade, was er alles mit Tobias hätte anstellen können, wenn ihm nur der Sinn danach gestanden hätte, diesem ungezogenen Bengel eine Lektion zu erteilen. Und noch etwas bemerkte Beate. Der Penner saß nicht mehr auf seinem Platz.

*

Ende der Leseprobe

15033840R00103

Printed in Poland
by Amazon Fulfillment
Poland Sp. z o.o., Wrocław